grk

adında bir
köpek

josh
Lacey

© 2008, Tudem • Cumhuriyet Bulvarı No: 302/501 35220 Alsancak - İZMİR
metin hakları © 2005, Josh Lacey

İlk basım 2005 yılında, İngiltere'de "a dog called grk" adı ile Andersen
Press Limited tarafından gerçekleştirilmiştir.

Yazar: Josh Lacey
Türkçeleştiren: Elif Yalçın

Yayın Yönetmeni: İlke Aykanat Çam
Editör: Zarife Biliz
Dizgi - Grafik: Tudem
Baskı: Ertem Matbaa • 0 312 284 18 14

Birinci Basım: Ekim 2009 (3000 adet)

ISBN: 978 - 9944 - 69 - 375 - 2

www.tudem.com

grk
adında bir köpek

josh Lacey

🅞 tudem®

1. Bölüm

Mayıs ayında bir sabah Stanislavya hükümeti aşağıdaki beyanatı verdi:

Başkan Joseph Djinko dün gece tutuklandı. Sorgulama sırasında, yaptığı kırk yedi adet yolsuzluğu itiraf etti. Stanislavya Ordusu ve Hava Kuvvetleri Başkomutanı Albay Zinfandel, ülkenin kontrolünü ele aldığını ilan etti.

Bu beyanat oldukça kısa, hatta biraz da sıkıcı görünebilir, ama dünya çapında hayret verici sonuçlar doğurdu.

Beyaz Saray'da, Amerikan Başkanı'nın kırmızı telefonu çaldı.

Elysée Sarayı'nda, Fransız Cumhurbaşkanı'nın masasındaki mavi düğme yanıp sönmeye başladı.

Downing Caddesi No:10'da, bir danışman İngiltere Başbakanı'nın kulağına havadisleri fısıldadı.

Rudolph Gardens, No:23 Kensington, Londra SW7'de, Gabriel Raffifi adında uzun boylu, yakışıklı bir adam, alt kattaki karısının yanına koşup, "Çabuk sevgilim, çocukları al! Hemen gitmemiz gerek!" dedi.

Eşi neler olduğunu sorduğunda, Gabriel Raffifi, "Başkan Djinko tutuklandı ve Albay Zinfandel ülkenin kontrolünü ele geçirdi," dedi.

"Aman Tanrım," dedi Bayan Raffifi. Daha fazla soru sorması gerekmiyordu. Hemen ayağa fırladı ve evin içinde koşuşturarak çocuklarına seslendi. "Max? Natascha? Natascha! Max! Neredesiniz?"

Eğer daha önce Stanislavya diye bir yer duymadıysan, bunu dert etmene gerek yok. Buranın adını zaten çoğu kimse bilmez.

Stanislavya, Doğu Avrupa ile Rusya'nın birleştiği yerde, küçük ve dağlık bir ülkedir. Tarihi karışık ve genelde tatsızdır. Ülke yüzyıllarca, kendi isteklerini zavallı halka dayatmaya çalışan diktatörler tarafından yönetildi. Stanislavya nihayet bundan elli yıl önce, bağımsızlığına kavuştu. Stanislavya halkı, Stanislavca adında bir dil konuşur. Stanislavya dışında yaşamış çok az insan bu dili bilir. Eğer bu dili öğrenmeye karar verseydin, gramerini ve sözcüklerini öğrenmek için hayatının çok uzun yıllarını bu işe adaman gerekirdi. Fiillerinin çoğu düzensizdir. Deyimlerin çoğu hiçbir şey ifade etmez. Sözlüğü, başka herhangi bir dile çevirmenin neredeyse imkânsız olduğu sözcüklerle doludur.

"Grk" da bu sözcüklerden biri. Dilimizde tam olarak "grk" anlamına gelen tek bir sözcük yoktur. Çevirmek için en az üç sözcük kullanmalısın; hatta belki daha da fazla.

Doğrudan çevirmek gerekirse "grk," hem cesur hem cömert hem de sersem demektir. Örneğin "grk" sözcüğünü, soylu ama oldukça anlamsız bir hizmet için hayatını kaybeden bir savaşçıyı anlatmak için kullanabilirsin.

Natascha Raffifi'nin anne babası ona küçük bir köpek yavrusu verdiğinde, Natascha köpeğin çok cesur, çok cömert ve birazcık da sersem olduğunu düşünmüş, o yüzden de ona "Grk" adını vermişti.

2. Bölüm

Timothy Malt her akşamüstü okuldan çıkıp aynı yoldan yürüyerek eve dönerdi.

Her akşamüstü eve vardığında, içeri kendi anahtarıyla girerdi. Buzdolabından bir şişe portakal suyu alır ve bir bardağa doldururdu. Teneke kutudan üç tane bisküvi alır, salona koşar ve kocaman yumuşak kanepeye otururdu. Sonra, annesi veya babası ofisten gelene kadar bilgisayar oyunları oynardı.

O gün bir şeyler farklıydı. Tim bir köpek bulmuştu.

Aslına bakılırsa, köpek Tim'i bulmuştu.

Tim, okuldaki uzun öğleden sonralarında, öğretmenin monoton sesini duymazdan gelip bilgisayarını hayal ederdi. Okuldan sonra hızla eve döner, oyun oynayabilecekken ortalıkta oyalanmayı hiç istemezdi.

O gün Tim eve her zamankinden daha aceleyle dönüyordu, çünkü iki aylık harçlığını biriktirip yeni bir oyun almıştı. Bu bir helikopter simülatörüydü. Aslında zaten üç tane helikopter simülatörü vardı, ama bu diğerlerinden çok daha gerçek gibiydi. Kutusunda yazılanlara göre, pilotlar bunu yeni bir helikopteri uçurmadan önce kullanıyorlardı.

Tim, geçen son birkaç gün içinde temel manevraların çoğunu kavramıştı. Helikopteri kaldırabiliyordu. Tarlaların üzerinden uçabiliyordu. Kulelerin etrafında dönebiliyordu. Şimdi de ilk savaş görevinden önce, en uzun ağaçlardan sakınarak ormanın içinde uçma alıştırması yapması gerekiyordu.

Tim yol boyunca aceleyle eve giderken, ormanda en iyi nasıl uçabileceğini hayal etmeye çalışıyordu. Ellerini sanki kumanda kolunu tutuyormuş gibi sağa sola sallıyordu. Karşısına çıkabilecek tüm engelleri kafasında canlandırmaya çalıştı. Binaların boyunda ağaçlar. Dallardan sarkan sürüngenler. Ağaç gövdelerine saklanmış boa yılanları. Havada uçuşan papağanlar. Ağaçtan ağaca sıçrayan maymunlar. Ormanın engellerini kafasında canlandırmak için o kadar konsantre olmuştu ki, nereye gittiğini düşünmüyordu bile; derken kaldırımda duran bir yığına takıldı.

Yığın acıyla ciyakladı.

Tim yere düştü.

Düşerken Tim kendini korumak için kollarını uzattı. Böylece başı betona çarpmadı, ama dirsekleri çarptı. Önce sağ. Sonra sol. Çat! Çıtak! Acı inanılmazdı. "Offffff," diye inledi. Dirseklerini tutup sessizce homurdanarak yuvarlandı. "Ah, ah, ah. Aahhh."

Acı dolu birkaç saniyeden sonra, Tim yanağına yumuşak bir şeyin dokunduğunu hissetti. Yumuşak ve ıslak bir şey. Dirseklerinin zonklamasını unuttu ve gözlerini açtı.

Bir çift küçük kara göz ona bakıyordu. Minik bir dil yüzünü yaladı.

Tim yuvarlanıp oturdu.

Köpek kuyruğunu sallıyordu.

Boncuk gözlü küçük bir köpekti. Üzerinde kara benekleri olan beyaz tüyleri vardı ve metronom gibi salladığı kıpır kıpır bir kuyruğu.

Tim köpeği okşamak veya ona bir şeyler söylemek istedi, ama bunu yapmaması gerektiğini biliyordu. Anne babası deliye dönerdi. Annesi köpeklerden nefret ederdi. (Onlara alerjisi vardı.) Babası köpeklerden hiç hoşlanmazdı. (Çok fazla gürültü yapıyorlardı!) Tim'in anne babası, köpeklere asla dokunmaması gerektiğini söylerdi; tabii ki eğer kuduz, pire ya da tenya kapmak istemiyorsa.

Tim, bağırsaklarında dolanan bir tenya ya da giysilerinin içinde gezinen bir pire veya kanında bir kuduz mikrobu istemiyordu. O yüzden kalkıp gözlerini köpekten kaçırdı ve yolda yürümeye devam etti. Yürürken dirseklerini ovalıyordu. Canı hâlâ acıyordu.

Tim yolun sonuna geldiğinde bir şeyin onu takip ettiğini fark etti. Arkasını döndü. Köpek oradaydı. Tim, "Git buradan. Evine dön," dedi.

Köpek kuyruğunu salladı.

Tim, "Neden beni takip ediyorsun? Lütfen beni takip etmeyi keser misin?" dedi.

Köpek başını yana doğru eğip ona baktı.

Tim tırnaklarını yiyordu. Bunu düşünürken hep yapardı. Sonra derin bir nefes aldı ve bağırdı, "GİT BURADAN!"

Tim omuz silkti. "Tamam. Ne istiyorsan onu yap." Yolda yürümeye devam etti. İki adımda bir arkasını dönüp baktığında, köpeğin onu takip ettiğini görüyordu.

Tim on dakika sonra eve varmıştı. Anahtarı deliğine yerleştirip köpeğe baktı. "Neden hâlâ buradasın?"

Köpek yere yatıp başını patilerinin üzerine koydu ve Tim'e baktı.

Tim, köpeğin küçük kara gözlerine baktı ve tanıdığı bir ifade gördü. Üzüntü değildi. Yalnızlık değildi. Korku değildi. Tim, köpeğin küçük kara gözlerinde açlığı gördü.

Aklıma gelmişken, diye düşündü Tim, ben de acıktım.

Tim, köpeğin eve girmesine izin verirse neler olabileceğini kafasında canlandırmaya çalıştı. Kafasını salladı. Bunu düşünmeye değmezdi. Annesi o kadar sinirlenirdi ki, kollarını havada sallayarak ayaklarını yere vururdu. Babası o kadar sinirlenirdi ki, tek bir kelime bile söylemezdi, ama yüzü parlak kırmızıya döner ve gözleri de yuvalarından fırlayacakmış gibi görünürdü.

Tim'in anne babası sinirlenmeyi iyi beceriyorlardı. Yıllar içinde çok fazla pratik yapma şansları olmuştu.

Tim yerde duran küçük köpeğe baktı ve "Üzgünüm. Seni içeri alamam. Ama şimdi içeri girip sana biraz ekmek getireceğim. Tamam mı? Burada beklersen sana ekmek getireceğim. Anladın mı?" dedi.

Köpek Tim'e baktı ve sanki gözlerinden birini kırptı. Tim, garip bir şekilde köpeğin onun söylediklerini tam olarak anladığı hissine kapılmıştı.

"Güzel," dedi Tim. "Ben ekmeği getireyim o zaman. Sen burada bekle."

Tim anahtarı çevirdi ve kapıyı açtı. Tam o anda köpek sıçrayıp, Tim'in bacaklarının arasından içeri daldı.

"Hayır!" diye bağırdı Tim. "Hayır, hayır, hayır!"

Köpek umursamadı. Sadece koşmaya devam etti.

"Hayır, olamaz," diye homurdandı Tim. "Annem beni öldürecek." Hemen eve girdi ve kapıyı kapattı. Kabanını çıkardı ve sırt çantasını hole fırlattı. Sonra köpeği aramaya başladı. Anne babası gelmeden köpeği evden çıkarması gerektiğini biliyordu, yoksa başı belaya girecekti. Bağrılacak, kollar havada sallanacak, harçlıklar kesilecek, kapılar çarpılacak, yüzler kızaracak ve her şeyin sonunda Tim akşam yemeği yiyemeden yatağına yollanacaktı.

Tim, kafasını her gördüğü dolaba vurarak, çatı katından bodruma kadar her yatağın altına ve bir köpeğin saklanabileceği her yere baktı. Ama köpek hiçbir yerde yoktu.

Saatin tik-takları duyuluyordu. Tim, panikten titremeye başlamıştı. Anne babası yakında burada olacaklardı. Dolaptan bir dilim salam aldı ve evi tekrar aradı. Salamı önünde tutup sesleniyordu: "Bak köpekçik! Salam! Şirin köpekçik! Gel de salamı al!"

Ama köpek gözden kaybolmuştu.

Tim tekrar buzdolabının içine bakındı ve bir domuz pirzolası buldu. Bir elinde salam, bir elinde domuz pirzolası vardı. Evin içinde dolaşıp elindeki etleri sallıyor, bağırıyor ve ıslık çalıyordu. Mutfak dolaplarını açtı ve pirzolayı dolapların içine doğru tuttu. "Bak köpekçik! Ne güzel bir pirzola!" Boş yatak odasında yere çömelip yatağın altına baktı ve salamı halının üzerine bıraktı. "Bak köpekçik! Harika bir salam!" Nereye giderse, elindeki salam ve pirzolayı sallayıp bağırıyordu, "Ham, ham! Bedava yemek! Salam! Pirzola! Hadi gel al!"

Ama köpekten hiçbir iz yoktu. Saat yedide Tim, bir elinde salam, diğer elinde pirzolayla salonu on dördüncü kez arıyorken, iki saattir duymaktan korktuğu sesi duydu: ön kapıda dönen bir anahtar sesiydi bu. Birkaç saniye sonra annesi seslendi, "Selam Tim! Ben geldim!"

Tim ellerine baktı. Domuz pirzolası! Salam! Onları ne yapabilirdi?

"Tim? Canım, burada mısın?"

"Selam anne," diye seslendi Tim. "Oturma odasındayım." Etrafına bakındı. Salam, domuz pirzolası! Onları saklaması gerekiyordu! Ama nereye?

Büfede antika bir çini vazo, vazonun her iki yanında altın şamdanlar ve gümüş çerçevelerin içinde bazı aile resimleri duruyordu. Vazo, zarif mavi fırça darbeleriyle süslenmişti. Tim'in babası Bay Malt, açık arttırmada bu vazoya tam on beş bin pound vermişti. Bay Malt bu vazoyu seviyordu; ama onu zarif mavi fırça darbeleri için mi, yoksa on beş bin pound ettiği için mi seviyordu, bunu söylemek zordu. Tim'in bunu düşünecek vakti yoktu. Domuz pirzolasını vazonun içine atıverdi.

Geriye salam kalmıştı. Tim odaya bakındı. Kanepe! Yumuşak deri minderlerden birini kaldırıp salamı koydu, minderi üzerine koyup oturdu.

O anda Bayan Malt odaya girdi. "Merhaba tatlım," dedi.

"Selam anne," dedi Tim.

Bayan Malt, kollarını kavuşturmuş, yüzünde suçluluk ifadesiyle kanepede oturan Tim'e baktı. "Ne yapıyorsun sen?" dedi.

"Hiçbir şey."

"Yeni oyununu oynamıyor musun?"

"Birazdan oynayacağım."

"Neden böyle kabahatli kabahatli bakıyorsun?"

"Öyle bakmıyorum."

"Hayır, bakıyorsun," dedi Bayan Malt. "Ne yaptın?"

"Hiçbir şey anne."

"Timothy."

"Ne?"

Bayan Malt ona uzun uzun baktı. Sonra da, "Hiçbir şey yapmadığından emin misin?" dedi.

"Evet anne. Eminim."

"Yemin eder misin?"

"Evet," dedi Tim. "Yemin ederim."

"Tamam." Bayan Malt tam arkasını dönmüş merdivenlerden inmek üzereydi ki bir şey fark etti. Kanepenin diğer ucunda bir minder hareket etmişti.

Bayan Malt korku ve şaşkınlıkla mindere baktı. Daha önce hiç hareket eden bir minder görmemişti. "Bu da ne?" dedi.

"Ne ne?" dedi Tim fark etmemiş gibi yaparak.

"Şu! Şu işte! Nedir o?" Bayan Malt minderi gösterdi. Hareket ediyordu. Sonra, onun yanındaki minder de hareket etti. Sanki kanepenin içinden bir şey geçiyor ve minderlerin altından Tim'e doğru yaklaşıyordu.

"Bilmiyorum," dedi Tim. "Hiçbir şey değildir herhalde."

"Hiçbir şey değil midir?" dedi Bayan Malt. "Timothy Malt, sen benim aptal olduğumu mu sanıyorsun?"

"Hayır anne."

"Ayağa kalk."

"Neden?"

"Sadece ayağa kalk!"

"Tamam anne." Tim ayağa kalktı.

Bayan Malt kanepeye doğru uzun adımlarla ilerledi, Tim'in oturduğu minderi tutup, kaldırdı ve ortaya bir köpek çıktı. Hareket eden kuyruğu, küçük kara gözleri ve dişlerinin arasında tuttuğu bir dilim çiğ salamla küçük bir köpek duruyordu karşısında.

"Aman Tanrım," dedi Bayan Malt.

Köpek bir lokmada salamı midesine indirdi.

Tam o anda evin diğer yanında sokak kapısı açıldı. Bay Malt işten eve dönmüştü. "Merhaba! Ben geldim!" diye seslendi.

"Terence!" diye bağırdı Bayan Malt. "Terence! Buraya gel! Terence!"

"Tamam tatlım," dedi Bay Malt. İlk adı, tahmin edebileceğiniz gibi, Terence'dı.

Terence Malt, hâlâ üzerinde duran kabanı ve elinde çantasıyla aceleyle oturma odasına girdi. "Merhaba Tim. Okul nasıl geçti?" dedi.

"İyi," dedi Tim.

"Terence," dedi Bayan Malt. "Bak!" Köpeği gösterdi. "Bu nedir?"

Bay Malt bir dakika kadar köpeğe bakakaldı. Gözlerini kırpıştırdı. Burnunu kaşıdı. Sonra da, "Köpek," dedi.

"Köpek olduğunu biliyorum," dedi Bayan Malt. "Ama burada ne işi var?"

"Eve şimdi girdim," dedi Bay Malt. "Ben nereden bileyim?"

"Peki, ne yapmayı düşünüyorsun?"

"Tam olarak emin değilim," dedi Bay Malt. "Ne yapmamı istiyorsun?"

"Bundan kurtulmanı istiyorum."

"O zaman ben de kurtulurum," dedi Bay Malt. Çantasını yere koydu ve köpeğe doğru bir adım attı. "Merhaba köpekçik."

Köpek kuyruğunu salladı.

Bay Malt köpeğe doğru bir adım attı. "Buraya gel, küçük köpekçik." Kollarını uzattı. "Buraya gel."

Köpek kımıldamadı.

"İyi köpekçik," dedi Bay Malt ve köpeğe doğru bir adım daha attı. Bir adım daha, bir tane daha ve sonra kollarını köpeğe doğru uzattı. Bay Malt'ın kolları köpeğin boynuna dokunamadan, köpek başını hızla eğdi, Bay Malt'ın kollarının altından kaçtı ve odanın diğer tarafına doğru koştu.

Bay Malt bir o yana koştu, bir bu yana koştu. Tim yüzünde küçük bir gülümsemeyle odanın ortasında duruyordu.

Bay ve Bayan Malt odada köpeğin peşinden koşuyorlardı. Köpek kanepenin üzerine sıçradı, sonra sandalyeye fırladı ve oradan büfeye çıktı. O anda Bay ve Bayan Malt kollarını açarak ona doğru koştular. Köpek büfeden kanepeye atlarken, kuyruğu mavi çini vazoya çarptı.

Vazo sallandı.

Bay Malt durdu ve vazoya baktı. Bayan Malt vazoya baktı. Tim vazoya baktı.

Vazo sallandı.

Sallandı.

Sallandı.

Ve düştü.

Bay Malt ilerledi ve iki eliyle vazoyu yakalamaya çalıştı. Ama çok yavaş kalmıştı. Vazo yere düştü ve yüzlerce parçaya ayrıldı.

"Aman Tanrım," dedi Bayan Malt. "Bu da ne?" Parmağıyla bir şeyi gösteriyordu.

Paramparça olmuş vazonun tam ortasında pembe beyaz bir şey duruyordu.

"Bilmiyorum," dedi Bay Malt. Gözlerini kırpıştırdı ve pembe beyaz nesneye baktı. "Bir domuz pirzolasına benziyor."

"Domuz pirzolası mı?"

Daha bir şey söylemelerine kalmadan, köpek ileri atılıp pirzoladan kocaman bir ısırık aldı ve ağzında pirzolayla odadan fırlayıp çıktı. Bayan Malt arkasını döndü ve Tim'e baktı. "Kendi iyiliğin için Tim, umarım bütün bunlar için çok ama çok iyi bir açıklaman vardır."

Ağzı açık kalan Tim annesine bakakaldı; ama ağzından tek bir sözcük bile çıkmadı.

3. Bölüm

Tim, akşam yemeği yemeden yatağına gönderilmişti. Cep harçlığı bir ay süreyle kesilmişti. Bilgisayarına el konmuştu. Helikopter simülatörü oynaması yasaklanmıştı. Aç, üzgün ve kendine acıyarak yatağına oturdu.

Peki ya köpek?

Bay Malt bütün evi oda oda aradı. Misafirlere ayrılmış yatak odasına girdiğinde, köpeği yatağın üzerindeki pembe pikenin ortasında, domuz pirzolasının son parçalarını yalayıp yutarken buldu. Köpek Bay Malt'ı görünce dudaklarını yalayıp kuyruğunu sallamaya başladı. Bay Malt'ın yüzü kıpkırmızı, gözleri de yerinden fırlayacakmış gibi görünüyordu. "MELANIE! ME-LANIE! MELA-NIE!" diye bağırdı.

Bayan Malt'ın adı, tahmin edebileceğin gibi, Melanie'ydi.

Bayan Malt koşarak merdivenlerden yukarı çıktı ve misafir yatak odasına girdi. Üzerinde bir bulaşık önlüğü ve ellerinde uzun sarı lastik eldivenler vardı. Bayan Malt köpeği iki eliyle tuttu. Köpek, istese rahatlıkla yapabileceği halde onu ısırmadı.

Bayan Malt elinde köpekle evden dışarı çıktı ve onu sokağa fırlattı. Köpek üç ya da dört kez yuvarlandı, bir elektrik direğine çarptı ve hareketsiz bir halde yere serildi. Bayan Malt, ona bir kez daha bakmadan eve girip kapıyı çarptı.

4. Bölüm

Tim bir kez gerçek bir helikoptere binmişti. Babasının arkadaşı David'in bir Bell 206 JetRanger'ı vardı. Bir pazar günü öğleden sonra, onunla geziye çıkmışlardı. Bu belki de Tim'in hayatının en güzel günüydü. Öne oturmuş ve David'in yaptığı her şeyi izlemişti. Bilgisayarında oynadığı için, helikopter kullanmayı bildiğinden emindi. Bir kez kullanmasına izin vermesi için David'i ikna etmeye çalışmıştı. David gülmüş ve "Belki biraz daha büyüdüğünde," demişti.

Çok çalışan ve hiç göremediğin anne babalara sahip olmanın avantajlarından biri budur: Arkadaşları çok zengindir, bu yüzden helikopter veya sürat teknesi gibi havalı şeyleri vardır. Ama tabii ki annen ve baban hep çok çalıştığından, onları pek görmezsin. Helikopter simülatör oyunuyla, annen veya babanla geçirdiğinden daha fazla zaman geçirirsin. Ama Tim bunları umursamıyordu. Seçme şansı olsaydı helikopter simülatör oyununu anne babasına tercih ederdi.

Yatağına uzandı ve anne babasını yeni bir bilgisayarla değiş tokuş edebilme olasılığını düşündü.

Aslında onları eski bir bilgisayarla değiştirse de mutlu olurdu.

Yatağında uzun süredir yatıyordu, ama uyuyamamıştı. Mutsuz, aç ve öfkeliydi; düşünceler kafasının içinde dönüp duruyordu. Alamayacağı bir aylık cep harçlığını düşündü. Kullanamayacağı bilgisayarını ve oynayamayacağı helikopter simülatör oyununu düşündü. Boş midesini ve akşam yemeği yememiş olduğunu düşündü. Köpeği hatırladı.

O köpeğe kızmalıyım, diye düşündü Tim. Hepsi onun yüzünden olmuştu. Eğer o olmasaydı midem dolu olacaktı ve bütün geceyi yeni oyunumu oynayarak geçirecektim.

Ama anlayamadığı bir sebeple Tim köpeğe hiç mi hiç kızmamıştı.

Yatağından kalkıp pencereye doğru yürüdü. Perdeleri açtı ve dışarı baktı.

Köpek aşağıdaydı işte. Evin tam önünde, kaldırımda yatıyordu. Kımıldamıyordu. Tim köpeğin uyuyor olabileceğini düşündü. Sonra, bulutlar yer değiştirince ortaya çıkan ay, sokağı aydınlattı. Tim parlak ay ışığında köpeğin gözlerinin parladığını görebiliyordu. Gözleri açıktı.

Tim elini kaldırdı ve ona el salladı. Ama köpek hiç tepki vermedi.

5. Bölüm

Bay Malt bir sigorta komisyoncusuydu. Bayan Malt, kurumların el değiştirmesi üzerinde uzmanlaşmış bir finans danışmanıydı. Eğer bunların ne demek olduğunu bilmiyorsan önemli değil. Açıklamayacağım, çünkü ben anlatmaya başladıktan dört beş dakika sonra uyuyakalırsın. Hatta ben bile uyuyakalabilirim.

Eğer işleri bu kadar sıkıcıysa neden orada bu kadar zaman harcıyorlar ki? Yanıt basit: Para. Para, para, para. Kazandıkları büyük miktarlarda para için günde yirmi dört saat çalışmaktan rahatsız olmazlar. Hatta yapabilseler, yirmi beş saat bile çalışırlar.

Hafta içi her sabah, Bay ve Bayan Malt, Tim'i sırayla okula götürürlerdi. O sabah sıra Bay Malt'daydı. Bayan Malt çoktan işe gitmişti bile. İşe diğerlerinden önce gidip, herkesten daha çok çalıştığını göstermeyi seviyordu.

Tim ile babası evden çıktı. Tim çantasını taşıyordu. Bay Malt da evrak çantasını. Bay Malt'ın pahalı arabasına doğru yürüyorlardı. Oracıkta, arabanın yanındaki kaldırımda, köpek hâlâ yatıyordu. Oturdu ve kuyruğunu sallamaya başladı. Tim merhaba demek için yanına gittiğinde, Bay Malt atladı, "Buna vaktimiz yok. Hadi, acele et. Tam on sekiz dakika içinde okulda olmalıyız."

"Ama baba," dedi Tim, yalnızca köpeğin başını okşamak istiyordu.

"Hayır. Arabaya bin! Hemen şimdi gidiyoruz."

Arabaya bindiler. Köpek kaldırımda oturmuş, başını bir yana eğmiş onları seyrediyordu. Tim, arka pencereden köpeği izliyordu. Bay Malt arabayı çalıştırdı ve oradan uzaklaştı. Sokağın sonuna kadar gittiler, ama orada, sarı Ford Fiesta'sını son derece yavaş kullanan yaşlı bir hanımın arkasında kalakaldılar. Bay Malt gösterge panosundaki saate baktı. Sessizce, "Hadi, hadi," dedi.

Sarı Ford Fiesta'nın içindeki yaşlı bayan onu duymadı. Avazı çıktığı kadar bağırmış olsaydı bile onu duyamazdı. Radyoda Beethoven'ın İkinci Senfoni'sini dinliyordu ve sesini SONUNA kadar açmıştı. Yaşlı hanım kendi kendine homurdandı, parmaklarını direksiyonda tıkırdattı ve saatte yirmi kilometre hızla ilerlemeye devam etti.

"Hadi, hadi," diye homurdandı Bay Malt. "Bütün gün seni mi bekleyeceğiz?" Bay Malt'ın nefret ettiği bir şey varsa, o da geç kalmaktı. Bay Malt'ın nefret ettiği ikinci bir şey varsa, o da hız limitinin yarısı kadar süratle ilerleyen yaşlı kadınların arkasına takılmak zorunda kalmaktı.

Tim, "Eğer bu akşam hâlâ orada olursa ne yapacağız?" dedi.

"Kim? Ford Fiesta'nın içindeki şapşal mı?"

"Hayır baba. Köpek."

"Orada olmayacak," dedi Bay Malt.

"Ama ya olursa?"

"O zaman alır polise götürürüz. Başıboş köpeklere böyle yapılır."

Tim bir dakika düşündü. Sonra, "Evde bir köpek olması güzel olmaz mıydı?" dedi.

"Hayır," dedi Bay Malt. "Olmazdı." Ayağını gaz pedalına bastırdı ve gürleyerek yaşlı hanımı solladı; kadının sarı Ford Fiesta'sını egzoz dumanı içinde bırakmıştı.

6. Bölüm

Okuldayken Tim kendini köpeği düşünmekten alıkoyamadı. Derslerde kâğıtlara bir şeyler karalayıp hayaller kurdu. Köpeğin sahibinin kim olduğunu merak ediyordu. Sahibinin başına neler gelmiş olabileceğini bulmaya çalıştı. Onu kaybetmiş olabilirler miydi? Ya da terk etmiş? Unutmuş? Acaba onu arıyorlar mıydı?

Tim sık sık parktaki ağaçlara asılmış, kayıp köpekleri tarif eden ve bulunması için yardım isteyen ilanlar görürdü.

Parka gidip tüm ilanları okusa mıydı acaba? Belki küçük, siyah beyaz köpeğin resmiyle birlikte şöyle bir ilan bulurdu:

Köpeğimizi gördünüz mü?
Siyah beyaz tüylü, kara gözlü, kuyruğu hiç durmadan hareket eden dişi bir köpek. Sıcakkanlı ve sevecendir. Onu çok özlüyoruz. Getirene BÜYÜK ÖDÜL verilecektir.
Eğer onu bulursanız ya da görürseniz lütfen bizi arayın!

Tim, bu tip bir ilan bulmak istemediğini fark etti. Neden mi? Çünkü içinde, derinlerde bir yerde, köpeğin sahibinin hiç ortaya çıkmayacağını umuyordu. Böylece köpeğe sahip çıkabilirdi.

Öğleden sonra, Tim okuldan eve döndüğünde, köpeğin yerinden hiç kımıldamamış olduğunu gördü. Timlerin evinin dışında, tam olarak aynı yerde yatıyordu. Köpek Tim'i görünce sıçrayıp ayağa kalktı ve kuyruğunu sallamaya başladı.

"Merhaba Köpek," dedi Tim. Köpeğin adını biliyor olmayı isterdi. Ona "Köpek" demek biraz aptalca olmuştu. Ama başka ne diyebilirdi ki? Benek nasıldı? Ya da Kara? Veya Serseri? Hayır, bunların hiçbiri ona uymuyordu. Ona sadece Köpek demeye karar verdi. "Tamam Köpek. Aç mısın?"

Köpeğin kulakları dimdik oldu. Çok tuhaftı: Tim, köpeklerin insanların konuştuğu dili anlamadığını biliyordu, ama bu köpek Tim'in söylediklerini anlıyor gibiydi.

Aynen dün olduğu gibi bugün de köpeği eve sokmasına izin vermeyeceklerini biliyordu. Bugün aynı zamanda, köpeğin ne kadar hızlı hareket edebildiğini de biliyordu. Bu yüzden kapıyı açmadan önce döndü ve köpeğe baktı. "Burada bekle," dedi. "Sana yiyecek bir şeyler getireyim, tamam mı? Eve girme. Anladın mı? Yoksa başımız çok büyük belaya girer ki… Yani, pek iyi olmaz. Anladın mı?"

Köpek yanıt olarak yalnızca kuyruğunu salladı. Ancak Tim garip bir şekilde söylediklerinin anlaşıldığını hissediyordu.

Tim, sokak kapısını açtı ve eve girdi. Köpek onu takip etmeye çalışmadı bile.

Tim mutfağa girdi, buzdolabını açtı ve tüm yiyeceklere baktı. Sonra bir şeyi fark etti: Köpeklerin ne yediğini bilmiyordu. Hiç köpeği olmamıştı. Hiç evcil hayvanı olmamıştı. Köpeğe ne yemek istediğini de soramazdı; köpek insanların dilini anlıyor olsa bile konuşamazdı ki! Ne yapmalıydı? Köpeğe yemesi için ne vermeliydi? Bir süre bunu düşündü, sonra yanıtın basit olduğuna karar verdi: Kendisi bütün gün aç kalsaydı ne yiyeceğini düşündü ve onları seçti.

Buzdolabından bir parça çedar peyniri, üç dilim jambon ve bir kavanoz da salatalık turşusu aldı. Dolaplardan birinde bir paket çikolatalı bisküvi, bir başka dolapta da bir kutu limonata buldu. Ekmeklikten iki dilim beyaz ekmeği ve dolaptaki minik halka bisküvi paketini kaptı. Bir kaşık ve bir tabak aldı, sonra da her şeyi bir tepsiye koyarak dışarı çıktı.

Köpek bekliyordu. Tim kapıyı kapattı, yere oturdu ve köpeğin yemeğini kaldırıma serdi: Ekmek, jambon, halka bisküviler, peynir, çikolatalı bisküvi, bir kaşık turşu ve tabakta biraz limonata. "Al bakalım Köpek," dedi Tim. "İstediğini ye."

Köpek bir süre ona baktı; sanki ciddi olup olmadığını kontrol ediyordu. Köpek sanki şöyle diyordu: Benim için mi? Gerçekten mi? Eğer bunu yersem bana vurmayacağına, tekmelemeyeceğine ya da bağırmayacağına söz verir misin?

"Söz veriyorum," dedi Tim. Bu ona biraz aptalca gelse de, yüksek sesle söyledi; aslında köpek tek kelime bile etmemişti. Yine de Tim birbirlerini çok iyi anladıklarını hissedebiliyordu. "Hepsi senin için," diye ısrar etti. "Hadi. Yesene."

Köpek dudaklarını yaladı ve yemeye başladı. Ekmeği, jambonu, peyniri, halka bisküvileri, çikolatalı bisküvileri ve turşuyu yedi, üzerine de limonatayı içti. Ortada tek bir kırıntı bile kalmadığında, etrafında üç kez dönüp kaldırıma uzandı ve sonsuz bir minnettarlıkla Tim'e baktı.

"Burada bekle," dedi Tim. Hızla eve girdi ve üst kattaki odasına çıkıp okumak istediği bir kitap aldı. Sonra tekrar alt kata koşup kaldırıma, köpeğin yanına oturdu. Kitabı açıp okumaya başladı. Köpek gözlerini kapattı ve uykuya daldı.

Akşam saat yedide Bayan Malt işten eve gelince, Tim ile köpeği evin dışında, kaldırımda otururken buldu. "Ne yapıyorsun sen orada?" dedi Bayan Malt.

"Kitap okuyorum," dedi Tim. Kitabın yarısına gelmişti.

"Burada oturamazsın! Üşüteceksin."

"Tamam anne," dedi Tim.

"Hadi o zaman," dedi Bayan Malt. "İçeri gir."

"Tamam anne." Tim ayağa kalktı. "Ya köpeğe ne olacak?"

"Ona ne mi olacak?"

"O da gelebilir mi?"

"Hayır. Elbette gelemez."

"Ama neden?"

"Çünkü eve köpek sokmuyoruz."

"Ama…"

"Aması maması yok," dedi Bayan Malt. Sokak kapısını açtı ve Tim'i içeri soktu. Annesi kapıyı kapatmadan, Tim kaldırıma uzanmış kara gözleriyle ona bakan köpeğe son bir kez daha baktı.

O akşam, günlerden cuma olduğu için, Malt ailesi dışarıdan yemek söyleyip birlikte yedi. Her cuma akşamı Tim'in

Hint yemeği, Çin yemeği ya da pizza arasında seçim yapma hakkı vardı. Bay Malt işten eve döndüğünde, Bayan Malt telefonu alır ve Tim'e sorardı, "Evet, ne istiyorsun? Çin mi? Hint mi? İtalyan mı?"

Tim, "Sizce köpek en çok hangisini sever?" dedi.

Bayan Malt Bay Malt'a baktı ve gözlerini devirdi.

Bay Malt, "Belki de sen kendi istediğini seçmelisin. Köpeğin istediğini değil."

"Ama ben her cuma kendi istediğimi seçiyorum zaten," dedi Tim. "Öyle ya da böyle, benim içinde oturacak sıcak bir evim ve uyuyabileceğim sıcak bir yatağım var. Köpeğin hiçbir şeyi yok."

"Evet ama köpekler daha azıyla mutlu olabilir," dedi Bayan Malt.

"Nereden biliyorsun?"

Bayan Malt bu soruya yanıt veremedi, çünkü köpekleri neyin mutlu ettiğine dair en ufak bir fikri yoktu. O yüzden, "Bu kadar soru yeter. Ne yemek istiyorsun? Sen seçmezsen ben seçeceğim," diyerek konuyu kapattı.

"Pizza," dedi Tim. Köpeğin pizzayı köri veya erişteden daha çok sevebileceğini düşünüyordu.

"Güzel," dedi Bayan Malt. Numarayı çevirdi. Neşeli bir ses derhal, "Buona sera!" dedi. (Eğer bilmiyorsanız "Buona sera" İtalyancada "İyi akşamlar" demektir.) "Burası, tüm İngiltere'nin en iyi pizzasını yapan Mauro'nun Özel Pizza Salonu. Size nasıl yardımcı olabilirim?"

"Bir Dört Mevsim ve bir de Napoliten," dedi Bayan Malt.

"Yanında sarımsaklı ekmek ister misiniz?"

"Evet, lütfen. Üç tane olsun."

"Üç sarımsaklı ekmek, bir Dört Mevsim ve bir de Napoliten. Tamam, değil mi?"

"Teşekkürler," dedi Bayan Malt. "Mükemmel."

Bayan Malt pizza siparişi verirken, Bay Malt Tim'le birlikte masaya oturdu ve onunla kısa ama ciddi bir konuşma yaptı. "O köpeği alamayacağımızı biliyorsun," dedi Bay Malt.

"Ama neden?"

"Çünkü bize ait değil. Sahibi bir yerlerde onu arıyor olabilir. Köpeğin sahibinin sen olduğunu düşünsene. Onu başka biri alsa üzülmez miydin?"

"Üzülürdüm," dedi Tim. Bir an düşündü. "Ama köpeğimin sokakta uyuduğunu düşününce daha çok üzülürdüm."

"Belki de bu gece sokakta uyumaz," dedi Bay Malt. "Belki de evinin yolunu bulur."

"Ya bulamazsa?"

"Bekleyip göreceğiz."

"Tamam," dedi Tim. "Ama ya bulamazsa? Yarın hâlâ burada olursa? O zaman ne yapacağız?"

"Eğer burada olursa, onu polise götürürüz," dedi Bay Malt. "Onlar sahibini bulur. Anlaştık mı?"

Tim evet anlamında başını salladı. "Anlaştık."

Akşamın ilerleyen saatlerinde Tim dışarı bir parça pizza çıkardı. Köpek hâlâ kaldırımda oturuyordu. Tim, köpeğin yanına eğildi ve pizzayı ona eliyle yedirdi. Köpek yemeği bitirdiğinde, Tim'in elini yaladı.

Bay ve Bayan Malt camdan Tim'i ve köpeği izliyorlardı. Bayan Malt, "Ne yapacağız?" dedi.

Bay Malt omuz silkti. "Eğlenceli olabilir."

"Ne demek istiyorsun? Ne eğlenceli olabilir?"

"Bir köpeğimizin olması," dedi Bay Malt.

"Yo, hayır," dedi Bayan Malt. "Mümkün değil."

"Birkaç hafta bakabiliriz. Öyle değil mi? Sahipleri gelene kadar."

Bayan Malt kafasını salladı. "Terence, sen 'köpek' nasıl yazılır biliyor musun?"

"Tabii ki biliyorum," dedi Bay Malt.

"Pek emin değilim."

Bay Malt karısına baktı. Delirmiş miydi? "Bilmediğim birçok şey var ama 'köpek' nasıl yazılır biliyorum."

"Söyle bakalım."

Bay Malt omuz silkti. "Peki canım. 'Köpek' şöyle yazılır: K.Ö.P.E.K."

"Ben öyle yazmam," dedi Bayan Malt. "Ben köpeği şöyle yazarım: B.O.Ş.A.N.M.A."

Bay Malt başını tamam anlamında salladı. Şimdi karısının ne demek istediğini tam olarak anlamıştı. "Eğer yarın sabah köpek hâlâ burada olursa, alıp polise götürürüz."

"Teşekkürler Terence," dedi Bayan Malt. Öne doğru eğildi ve kocasının yanağına bir öpücük kondurdu.

7. Bölüm

Sabah olduğunda köpek hâlâ oradaydı. Evin dışında, kaldırımda uyumuştu.

Bay ve Bayan Malt, bir cumartesi sabahını, başıboş bir köpeği polis karakoluna götürmek için harcıyor olmaktan dolayı pek mutlu sayılmazlardı; ama bir söz vermişlerdi ve sözlerini tutmak zorundaydılar. Gitmeden önce, hangi arabayı alacaklarıyla ilgili kısa bir tartışma yaşadılar. Bay Malt'a göre Bayan Malt'ın Volvo'sunu almalıydılar; Bayan Malt'a göre de Bay Malt'ın Lexus'uyla gitmeliydiler. İkisi de köpeğin çamurlu patileriyle arabalarının pahalı deri koltuklarını kirletmesini istemiyordu. Sonunda, tartışmayı her zamanki gibi Bayan Malt kazandı. Tim, Lexus'un arkasına bindi ve köpeğin binmesi için kapıyı açık tuttu. "Hadi," dedi Tim. "İçeri gel." Köpek arabanın içine atladı ve Bay Malt'ın kalın bir yün battaniye yaydığı koltuğa yattı.

Ana caddedeki, kırmızı tuğladan yapılmış semt karakoluna doğru ilerliyorlardı. Bay Malt arabayı park etti ve karakola doğru yürüdüler. Bir masanın arkasındaki polis memuruyla konuşabilmek için sıra bekleyen insanlar kuyruk oluşturmuşlardı. Kuyruk iki dakikada bir ilerliyordu. Çok uzun sürüyordu. Bay Malt gittikçe sabırsızlanıyordu. Sıra nihayet Malt ailesine geldiğinde, polis memuru kalemini masaya vurup, "Merhaba. Nasıl yardımcı olabilirim?" dedi.

Bay Malt, "Otuz yedi dakikadır beklediğimizin farkında mısınız?" diye yanıtladı onu.

"Kusura bakmayın efendim. Bugün biraz yoğunuz. Nasıl yardım edebilirim?"

"Otuz yedi dakika," dedi Bay Malt. "Tam bir rezalet."

"Dediğim gibi efendim, çok üzgünüm. Şimdi size nasıl yardımcı olabilirim?"

Tim polise gülümseyip, "Bu köpek. Onu buldum. Köpeğinin kaybolduğunu bildiren var mı?"

Polis, masasının üzerinden eğilip köpeğe baktı. "Bu köpek mi?"

"Evet," dedi Tim.

Köpek ilgi merkezi olduğunu fark edip kuyruğunu sallamaya başladı.

Polis: "Sahibi kim?"

"Bilmiyoruz," dedi Tim. "Zaten bilseydik, kaybolmuş olmazdı değil mi?"

"Şu an mantık oyunlarına pek ihtiyacımız yok," dedi polis.

"Özür dilerim," dedi Tim.

Polis köpeği gösterdi. "Madalyonu var mı? Tasmasında."

"Bilmiyorum," dedi Tim. Anne babasına baktı. İkisi de omuz silkti ve bakmaya gerek bile duymadıklarını kabul ettiler.

"Belki de bakmalısınız," dedi polis ve yüzünde "Kimmiş bakalım zeki?" der gibi hafif bir gülümseme belirdi.

Tim yere çömelip bir göz attı. "Evet!" Köpeğin boynunda küçük kırmızı bir tasma ve tasmanın ucunda da gümüş bir madalyon vardı.

Polis, "Ne yazıyor peki?" dedi.

Tim öne doğru eğildi ve madalyonda yazılanları okudu. "Nominava Grk. Schl jel trj, jet per flicz da Rudolph Gardens, No:23 Kensington, Londra SW7."

"Bu pek bizim dilimize benzemiyor," dedi polis. "Öbür tarafta bir şey yazıyor mu?"

Tim madalyonu ters çevirdi. Diğer tarafta birkaç sözcük daha yazılıydı. Bu kez yazılanlar anlaşılırdı. "Bu çevirisi olabilir." Yüksek sesle okudu. "Adım Grk. Beni bulursanız lütfen, Rudolph Gardens, No:23 Kensington, Londra SW7 adresine götürün." Köpeğe baktı. "Senin adın bu mu? Grk mı?"

Adını duyunca köpek heyecanla kuyruğunu sallamaya ve havlamaya başladı. Hav hav! Hav hav!

"Merhaba Grk," dedi Tim.

Hav hav, diye yanıtladı Grk.

Tim anne babasına baktı. "Artık köpeğin adını biliyoruz."

"Ayrıca," dedi polis, "bu kesinlikle bir erkek köpek."

Bayan Malt şaşırmıştı. "Nereden biliyorsunuz?"

"Kendi metotlarım var, bayan."

"Etkileyici," dedi Bayan Malt. "Ne çok şey öğrendik, değil mi Tim? Köpeğin adını biliyoruz. Erkek olduğunu biliyoruz.

Hem nerede yaşadığını da biliyoruz. Demek ki vedalaşsan iyi olur, çünkü bu iyi kalpli polis onu sahiplerine geri yollayacak."

"Doğru," dedi polis. "Onu alt kata götüreyim."

Tim son derece hayal kırıklığına uğramıştı. Ağlamak istiyordu. Ama on iki yaşındaydı ve erkeklerin ağlamayacağını biliyordu. O yüzden köpeğin boynunu son bir kez okşadı. "Güle güle Grk," diye fısıldadı. "Sana güzel bir yaşam diliyorum."

Tim, söylediği bir şeyi merak ettiği için dönüp polise baktı. "Onu neden alt kata götüreceksiniz?"

"Kafesler orada. Onu eve götürecek birini bulana kadar orada kalacak."

"Bu ne kadar sürer?"

"Çok uzun değil," dedi polis. "Bir iki gün. En fazla üç. Sizin de gördüğünüz gibi, bugün burası ana baba günü."

Tim korkuya kapılmıştı. Üç gün! Anne babasına baktı.

"Hayır, olmaz," dedi Bayan Malt. "Hayır, hayır, hayır. Asla olmaz."

On dakika sonra Londra caddelerinde ilerliyorlardı. Grk arka koltukta, Tim'in dizinde yatıyordu. İkisi de dışarıyı seyrediyorlardı. Tim sık sık elini Grk'ın boynuna götürüp, doğru anladığından emin olmak için adresi tekrar tekrar okuyordu. Rudolph Gardens, No:23 Kensington, Londra SW7. Polise göre uzak bir yer değildi. Arabayla yirmi dakika. Trafiğe bağlı olarak yarım saat sürebilirdi.

Tim, Grk'ın tasmasını çevirdi ve diğer tarafındaki garip yazıları okudu. Yüksek sesle okumaya çalıştı: "Nominava

Grk. Schl jel trj, jet per flicz da 23 Rudolph Gardens, Kensington, Londra SW7." Bu hangi dildi? Bu tür sözcükleri ne tür insanlar kullanıyordu?

Tim, Grk'ın kulaklarının arkasını okşadı; sonra ona doğru eğilip, "Sen nerelisin Grk? Hangi dili konuşuyorsun?" dedi.

Grk yanıt vermedi.

8. Bölüm

Onbaşı Danko Pinot, Stanislavya Ordusuna on sekiz yaşındayken katılmıştı. Dünyayı gör, demişlerdi. Maceralar yaşa, demişlerdi. Gez, demişlerdi. Ama yapmadı. O yalnızca barakalardan birini gördü, sonra da başka birini.

Londra'ya tayin edildiğinde bir şeylerin daha iyi olacağını düşünmüştü. Nihayet dünyayı görebilecekti. Ama göremedi. Her gün siyah bir üniforma ve siperli bir keple on iki saat boyunca ayakta durmak zorunda kaldığı, Kensington'daki Stanislavya Büyükelçiliğinin önünü gördü. Görevi, hırsız ve teröristleri uzaklaştırmaktı, ama etrafta hiç hırsız ya da terörist yoktu. Çoğunlukla gazetesini okurdu. Postacıyı, sütçüyü ve Rudolph Gardens civarındaki diğer büyük evlerde çalışan temizlikçilerle korumaları tanırdı.

Raffifi ailesi o evde yaşarken her şey daha iyiydi. Raffifi ailesi sıcakkanlıydı, üstelik Natascha ve Max adında iki harika çocukları vardı. Büyükelçi Gabriel Raffifi korumalarının doğum günlerini bilir ve onlara hediye olarak bir kasa bira

37

yollardı. Bayan Raffifi, Londra'da kocalarından daha çok sıkılan ve İngiliz yemekleriyle İngiltere havasından dolayı daha da mutsuz olan koruma eşleriyle arkadaşlık kurardı. Sabahları, Max ve Natascha her zamanki gibi geç kalıp evden aceleyle çıkarlarken, korumalara birkaç güzel söz söyleyecek vakitleri mutlaka olurdu.

İki hafta önce Stanislavya'da rejim değişti. Raffifi ailesi gizli servis tarafından tutuklandı. Tüm bunlar olduğunda, Onbaşı Pinot hiç kimseye, karısına bile bir şey anlatmadı. Eğer bir ordu mensubuysan, işin çok kolaydır: Ağzını kapalı tutar ve ülkenin çıkarlarını korursun. Ülkeyi kimin yönettiği ya da kimin yönetmesi gerektiğiyle ilgili fikir yürüt diye maaş almıyorsundur.

Ama Danko Pinot, Raffifi ailesi için üzülmekten kendini alıkoyamıyordu. Ne kadar hoş insanlardı! Tutuklandıklarında, işinin daha kötü olacağını anlamıştı. Bir sonraki Stanislavya Büyükelçisi, Onbaşı Pinot'un doğum gününde bir kasa bira göndermeyecekti. Bir sonraki Stanislavya Büyükelçisi'nin eşi, Onbaşı Pinot'un eşiyle arkadaşlık kurmayacaktı. Eğer bir sonraki Stanislavya Büyükelçisi'nin çocukları varsa, onlar Max ve Natascha Raffifi kadar iyi ve sıcakkanlı olmayacaklardı; ve kesinlikle Grk kadar şirin bir köpekleri de olmayacaktı.

Şimdi, eminim, sana neden Onbaşı Pinot'u anlattığımı merak ediyorsundur. Onun bu hikâyeyle ne ilgisi var? İşiyle veya Raffifilerle ya da başka bir şeyle ilgili düşüncelerinin ne önemi var?

Evet, Onbaşı Pinot'u anlayamazsan, daha sonra olanları da anlayamazsın. Ve daha sonra olanları anlayamazsan, o zaman da hiçbir şeyi anlayamazsın.

Raffifi ailesinin tutuklanıp Stanislavya Büyükelçiliğinden götürülmesinden birkaç gün sonra, bir Cumartesi sabahıydı. Onbaşı Pinot her zaman yaptığı gibi büyükelçilik binasının önünde duruyor ve gözlerini dikkatle açarak şüpheli karakterler arıyordu.

Rudolph Gardens kısa bir sokaktı. Devasa beyaz evlerin çoğunun dışında, uzun bir direğin tepesinde bir bayrak dalgalanır ve birkaç üniformalı koruma sokağı izlerdi. Onbaşı Pinot onların çoğunu tanıyordu. Pazartesi akşamları İsveç Büyükelçiliğinden Olaf ve Sven ile futbol maçı seyrederdi. Her haftasonu, Belçika Büyükelçiliğinde korumalık yapan Pierre ile birer bardak bira içer, kızarmış patates yerlerdi. Bir keresinde Arjantin Büyükelçiliğinden Raphael ve Bobby ile poker oynamıştı, ama o kadar çok parasını almışlardı ki bir daha onlara gitmedi.

Bir araba yavaşça sokakta ilerledi ve Stanislavya Büyükelçiliğinin önünde durdu.

Onbaşı Pinot arabayı inceledi. Önde oturan bir erkekle bir kadın, arkada da küçük bir oğlan çocuğu görebiliyordu. Teröriste ya da hırsıza benzemiyorlardı, ama Onbaşı Pinot'a herkesten şüphelenmesi öğretilmişti. Askeriyedeki hocalarının her zaman söylediği gibi, "Kendini en kötüye hazırlarsan, hep güzel sürprizlerle karşılaşırsın." Onbaşı Pinot arabaya doğru yürüdü ve sürücünün camını tıklattı.

Sürücü bir düğmeye bastı ve cam açıldı. Sürücü, "Günaydın," dedi.

Onbaşı Pinot, "Buraya park edemezsiniz," dedi. Anadilinin farklı olduğu konuşmasından çok belliydi ve bir sürü dilbilgisi hatası yapmıştı. "Yasak."

"Uzun kalmayacağız," dedi sürücü. "Birini görmemiz gerekiyor."

"Neyle ilgili?"

"Bir köpek bulduk. Kayıp bir köpek. Tasmasındaki adres burası." Sürücü, Rudoph Gardens, No: 23 tabelasını gösterdi.

"Köpek mi? Ne köpeği?"

O anda, ön koltukların arasından küçük çocuk öne doğru eğildi ve "Adı Grk," dedi.

"Grk mı?" dedi Onbaşı Pinot.

"Evet," dedi çocuk, "Grk."

"Grk'ı mı buldunuz?"

"Evet. Neden? Onu tanıyor musunuz?"

"Elbette tanıyorum. Çok iyi bir köpektir."

"Sahibi kim?"

Onbaşı Pinot bu soruya yanıt vermeden önce şöyle bir dik durup etrafına bakındı. Kimsenin izlemediğinden ve söylediklerini kimsenin duymadığından emin olmak istiyordu. Sonra tekrar eğilip camdan baktı ve fısıldayarak, "Onu buradan uzaklaştırın lütfen," dedi.

Çocuk şaşırmıştı. "Neden?"

"Eğer kalırsa, öldürülecek."

Şimdi Malt ailesi şaşkınlık içindeydi. (Sizin de tahmin ettiğiniz gibi, bu arabanın içindekiler Bay Malt, Bayan Malt, Tim ve Grk'tı.) Bay Malt, "Öldürülmek mi? Onu kim öldürebilir ki?"

"Bunu size diyemem," diye yanıtladı Onbaşı Pinot.

"Bu çok gülünç," dedi bir anda Bay Malt. "Küçük bir köpeği kim öldürmek isteyebilir?"

Onbaşı Pinot, "Tamam, tamam. Size söylüyorum. Grk, burada yaşayan adamın kızına ait oluyordu. Küçük kızdı. Senin yaşlarında," diye fısıldadı. Onbaşı Pinot bu sözleri söylerken Tim'e baktı. "Evet, evet, senin yaşlarında. Adı Natascha'ydı."

Onbaşı Pinot Natascha'nın adını söyler söylemez, arka koltuktan çok yüksek sesli bir havlama duyuldu. Hav hav! Hav hav! Grk, sahibinin adını duyduğu için o kadar heyecanlanmıştı ki, engel olamadığı bir şekilde çılgınca kuyruk sallayıp oradan oraya zıplıyordu. Başını sağa sola sallayıp camdan dışarı bakarak onu görmeyi umuyordu. Çok yüksek sesle havlıyordu. Hav hav! Hav hav! Sanki havlamalarıyla, "Buradayım! Buradayım!" diyordu.

Ama hiç yanıt yoktu. Natascha, havlamayı her duyduğunda yaptığı gibi koşarak onu bulmaya gelmemişti. Grk şaşırmış görünüyordu. Tekrar havladı. Hav hav? Hav hav? Bu kez havlamalar sanki, "Neredesin? Neredesin?" diyordu.

Havlamaları duyunca Onbaşı Pinot dehşete kapıldı. "Onu götürmelisiniz. Lütfen."

Tim, "Ama o nerede? Sahibi olan kız?" diye sordu.

"Bunu size diyemem," diye yanıtladı Onbaşı Pinot. "Başıma bela açarlar."

"Kim?" diye sordu Bay Malt.

"Patronum. Hükümet."

Bay Malt ağzını açtı. Daha Bay Malt konuşamadan, Onbaşı Pinot kendini topladı. Gözünün ucuyla arkasında bir hareket fark etmişti. Onbaşı Pinot parmaklarıyla ön cama vurup, "Devam edin lütfen. Devam edin," dedi.

Bay Malt'ın kafası allak bullak olmuştu, ama ondan isteneni yaptı. Motoru çalıştırdı ve gaza basıp Rudolph Gardens'dan uzaklaştı.

Onbaşı Pinot orada durup, arkasında biri olduğunu fark edene kadar arabayı izledi. Arkasını döndü ve Stanislavya'dan yakınlarda gelmiş olan yeni Büyükelçi'yi gördü. Onbaşı Pinot derhal onu selamladı. "Günaydın efendim!"

"Günaydın Onbaşı," diye yanıtladı Büyükelçi. "Kimdi o? Arabadaki?"

"Turistler," dedi Onbaşı Pinot. "Kaybolmuşlar. Buckingham Sarayı'nı sordular."

"Onlara yolu söyledin mi?"

"Evet, efendim."

"Mükemmel." Büyükelçi kafasını salladı. "Böyle çalışmaya devam et."

"Evet, efendim," dedi Onbaşı Pinot ve onu tekrar selamladı.

9. Bölüm

Malt ailesi eve geri döndüğünde, Tim köpeğin sakin kara gözlerine bakıp kafasını okşayarak kaldırımda onunla birlikte on dakika boyunca oturdu. "Üzgünüm," dedi Tim. "İçeri girmene izin vermeyecekler. Ama sana biraz ekmek getireyim. Bir kap da su. İster misin?"

Grk parlak gözlerini kırpıştırdı, başını bir yana eğdi. Kuyruğunu gürültülü bir şekilde kaldırıma vuruyordu. Tim bunu evet olarak algıladı. O yüzden içeri girdi, bir dilim ekmek, bir parça jambon ve bir kap aldı. Onları dışarı çıkardı ve Grk'a verdi. Grk, bir lokmada jambonu, bir lokmada ekmeği mideye indirdi, sonra suyu içmeye başladı.

"İçeri gel," dedi Bay Malt Tim'e. "Yemek saati; ve sen sormadan söyleyeyim, yanıt hayır."

Ama Tim zahmet edip sormayacaktı bile. Grk'ı dışarıda bıraktı ve babasının ardından eve girdi.

Bay Malt sokak kapısını kapattı ve "Köpeğin sahibi olan şu kız. Koruma adı ne demişti?"

"Natascha," dedi Tim.

"Doğru, Natascha. Evet, Büyükelçi'nin kızı olmalı. Elçilikte yaşıyorlardı. Gazetede okumuştum. Politik durumu değişen komik isimli bir ülkeden geliyorlar. Ülkelerine geri çağrılmış olmalılar. Büyükelçiysen böyle olur."

Tim, babasının anlattıklarını düşünüyordu. Bunlar ona hiç mantıklı gelmemişti. "Neden köpeklerini burada bıraksınlar ki?"

"Belki de onu sevmiyorlardı. Belki eve onsuz dönmek istediler."

Tim kafasını salladı. Bu ona pek mantıklı gelmemişti. Grk ile vakit geçirseydin, sahiplerinin korkunç insanlar olmadığını anlardın. Korkunç insanların korkunç köpekleri olur. Grk ise sevecen, dürüst ve nazikti. Öyleyse sahipleri de sevecen, dürüst ve nazik olmalıydılar; köpeklerini sokakta bırakacak türden insanlar olamazlardı.

"Hadi," dedi Bay Malt. "İnternete bakalım."

Koşarak, Bay Malt'ın bir masa, faks, bilgisayar ve telefondan ibaret olan çatı katındaki çalışma odasına gittiler. Bay Malt haftasonları çalıştığında -ki hep çalışırdı- kendini bu penceresiz odaya kapatırdı. Yazları nemli ve ağır bir havası olurdu, ama Bay Malt bunu pek umursamazdı. Hatta güneş parlarken bile o odasında oturur, bilgisayarına bakardı. Bu, neden bu kadar zengin olduğunu açıklıyordu. Ama bu aynı zamanda, teninin neden bu kadar solgun olduğunu ve merdivenleri çıkarken neden tıs tıs diye sesler çıkardığını da açıklıyordu.

Her neyse, Bay Malt'ın sağlığıyla ilgili bu kadar bilgi yeter. Bu onun problemi, bizim değil. Onun için önemli olan tek şey bilgisayarı. Tim ve Bay Malt merdivenlerden yukarı çıkıp çalışma odasına girdiler. Bay Malt masasına oturdu, bilgisayarını açtı ve internete bağlandı. Arama motoruna birkaç sözcük girdi. Bay Malt'ın internet bağlantısı süper hızlıydı, çünkü By Malt beklemekten nefret ederdi. Her şeyin tam o an olmasını isterdi. İki saniye sonra, "İşte buldum. Köpeğin sahibi bu," dedi. Ekranı gösterdi.

Bay Malt, BBC web sitesinden geçen haftanın haberlerini buldu. Stanislavya adında bir ülkede hükümet değişmişti. Başkan tutuklanmış, Ordu ve Hava Kuvvetleri Başkomutanı kontrolü ele geçirmişti. Tüm dünyadaki Stanislavya elçileri ülkeye çağrılmıştı. Bay Malt sandalyesinde döndü ve oğluna gülümsedi. "Evet, işte böyle."

Tim, "İşte nasıl?"

"Köpeğin neden Londra caddelerinde gezindiği ortaya çıktı. Sahipleri yüzlerce kilometre ötede. Kendi ülkelerine dönmüşler. Neydi ismi?" Bay Malt tekrar ekrana baktı. "Evet. Stanislavya. Tuhaf bir sözcük, değil mi?"

Tim yanıt vermedi. Grk'ı ve sahiplerini bir gün gerçekten görüp göremeyeceğini düşünüyordu. Grk öyle tatlı bir köpeğe benziyordu ki! Sahipleri iyi insanlar olmalıydı. Zorunda olmasalar onu bırakmazlardı. Tim, "Stanislavya nerede?" diye sordu.

"Buradan çok uzakta," diye yanıtladı Bay Malt.

"Nerede?"

"Rusya'nın yakınında."

"Ama nerede?"

"Bu kadar yeter," dedi Bay Malt. "Bana ahret soruları sorma." Arkasını döndü ve Tim odada değilmiş gibi bilgisayarına bakmaya başladı.

Aslında, Bay Malt'ın Stanislavya'nın nerede olduğuyla ilgili en ufak bir fikri yoktu. Ama bunu kabul etmeyecekti. Bay Malt, bir sorunun yanıtını bilmediğini kabul etmezdi.

O günün devamı Tim için sıradan bir cumartesi günüydü: Babası üst katta oturup çalışıyordu, annesi alt katta oturup çalışıyordu ve Tim de evin içinde dolaşıp sıkılıyordu. Bir kitap okudu, biraz televizyon seyretti. Bazen, kardeşleri olsaydı hayatının daha ilginç olacağını düşünürdü. En azından konuşabileceği birileri olurdu.

Bir iki yıl önce annesine neden bir kardeşi olmadığını sormuştu. Annesi, "Çünkü bir çocuk yeterince dert açıyor," diye yanıtlamıştı.

Tim, bundan sonra başka soru sormadı.

Akşam Malt ailesi birlikte yemek yedi. Yemekte domuz pastırması ve patates püresi, arkasından da (Tim için) vanilyalı dondurma, (Bay Malt için) çikolatalı pasta ve (kilosuna dikkat etmesi gereken Bayan Malt için) bir elma vardı.

Akşam yemeği esnasında Bay Malt boğazını temizleyip, "Tim, annen ve ben bir karara vardık. Köpekle ilgili ne yapacağımıza karar verdik. Yarın sabah onu Battersea'ye götüreceğiz."

"Battersea mi?" Tim, Battersea'nin Londra'nın diğer ucu olduğunu biliyordu, ama Grk'ın neden oraya gitmesi gerektiğini anlayamamıştı. "Neden? Battersea'de ne var?"

"Battersea Barınağı'nı hiç duydun mu?"

"Evet," dedi Tim. "Sanırım."

"Köpeklere bakıyorlar. Bir köpek bulursan Battersea Barınağı'na götürürsün. Onlar köpeğin sahibini bulur."

Tim bir an düşündü ve "Grk'a biz bakamaz mıyız?" dedi.

"Hayır," dedi Bay Malt.

"Ama neden?"

"Biliyorsun annenin köpeklere alerjisi var."

"Ama Grk arabadayken hiç hapşırmadı."

"Konu bu değil," dedi Bay Malt.

"O zaman konu ne?"

"Konu şu… Konu şu…" Konunun ne olduğunu bildiğini umut ederek karısına baktı.

Karısı biliyordu. "Konu şu: Yatma saatin geldi."

"Of anne!"

"Homurdanmak yok. Yatma saati. Dişlerini fırçalamayı da unutma."

"Ama…"

"Ama falan yok. Yatak."

Tim sandalyesini arkaya doğru itip odadan çıktı ve kendi odasına gitti. Bay ve Bayan Malt aşağıda iş için bazı evrakları okuyorlardı. Saat onda haberleri izler, sonra onlar da yatarlardı.

Tim, banyodan odasına giderken, pencerenin yanında durdu ve camdan dışarı baktı. Aşağıda yolu görebiliyordu. Gözlerini kırptı ve karanlıkta daha iyi görebilmek için gözlerini odaklamaya çalıştı. Evet! Evet, orada! Kaldırımda! Siyah beyaz küçük bir leke. Bu Grk'tı. Evin dışında, kaldırımda uyuyordu.

Tim odasına gitti ve pijamalarını giydi, yorganın altına girdi ve Grk'ın sahibi olan aileyi düşündü. O kızı düşündü. Adı neydi? Koruma ne demişti? Tim uzun bir süre düşündü, sonra hatırladı. Natascha! Buydu işte. Natascha. Koruma, Tim'in yaşlarında olduğunu söylemişti. Köpeğini ardında bıraktığında neler hissetmiş olabileceğini düşündü.

Tim, o anda ne yapması gerektiğini anlamıştı. Alt kata gidip, Grk'ın sahipleriyle bağlantı kurmaları için anne babasına ısrar edecekti. Bu onların göreviydi. Natascha'ya köpeğini bulduklarını söylemeliydiler. Eğer bunu yapmazlarsa suçlular gibi davranmış olacaklardı.

Tim doğruyla yanlış arasındaki farkı biliyordu. Hırsızlığın yanlış olduğunu biliyordu. Bir şeyi bulup sahibine geri vermemenin de en az hırsızlık kadar kötü olduğunu biliyordu.

Yataktan çıktı, sabahlığını aldı ve pijamasının üzerine giyiverdi. Odasından çıkıp parmak uçlarında alt kata indi. Şunu biliyordu ki, eğer anne ve babası onu merdivenlerde görürse, daha onu dinlemeden dosdoğru yatağına gönderirlerdi.

Eğer yaptıklarını düşünmüş olsaydı zaten aşağı inmezdi. Sabaha kadar beklerdi. Ama Tim bir şey yapmadan önce düşünmek konusunda pek de iyi değildi. Tutkuluydu ve ani kararlar veriyordu. Böylece parmak uçlarına basarak alt kattaki oturma odasına gitti, kapıyı itip açtı ve içeri daldı. "Biraz düşündüm ve ne yapmamız gerektiğini buldum. Grk'ın sahibi olan insanları bulmalıyız. Kızı, Natascha'yı. Ve Büyükelçi olan babasını. Onu bir barınağa götüremeyiz. Bu haksızlık," sözleri ağzından hızla çıkıverdi ve bitirdiğinde, oracıkta durup anne babasının yanıtını bekledi.

Bay ve Bayan Malt, sanki önce kimin başlayacağına karar verir gibi birbirlerine baktılar. Bay Malt, "Üzgünüm Tim, ama bu mümkün değil. Onu yurtdışına çıkaramayız. Battersea Barınağı çok meşhurdur. Ona yeni bir ev bulacaklardır," dedi.

"Ya bulamazlarsa?"

"Bulacaklar."

"Ama ya bulamazlarsa? O zaman ne olacak?"

Bay Malt ağırbaşlıydı. "Bunu, o noktaya geldiğimizde konuşalım."

"Onu uyutacaklar," dedi Tim. "Öyle değil mi? Kayıp köpeklere yaptıkları budur."

"O çok tatlı bir köpek," dedi Bay Malt. "Birisi muhakkak onu isteyecektir."

"Ama istemezlerse uyutulacak. Öyle değil mi?"

Ne Bay Malt ne de Bayan Malt başka tek bir kelime etti.

Tim kafasını salladı, "Ona bunu yapmalarına izin veremeyiz."

"Yatma zamanı," dedi Bayan Malt. "Bunu sabah konuşuruz."

"Hayır," dedi Tim. "Hadi şimdi konuşalım. Gerçek sahiplerini bulmalıyız."

"Tim…"

"Bulmalıyız!"

"Tamam," dedi Bayan Malt. "Yarın onu Battersea'ye götüreceğiz. Sonra da sahiplerini arayacağız. Eğer onu isterlerse gelip Battersea'den alabilirler. Bu nasıl?"

"Berbat," dedi Tim. "Sahipleri kilometrelerce uzakta. Öyle değil mi baba?"

Bay Malt karısına baktı, omuz silkti ve kafa salladı.

"Anlamıyor musunuz?" dedi Tim. "Onu Battlesea'ye götüremezsiniz! Onu öldürteceksiniz!"

"Üzgünüm Tim," dedi Bay Malt. "Ama yapabileceğimiz başka bir şey yok."

"Ona bakabiliriz."

Bay Malt kafasını salladı. "Bu kesinlikle mümkün değil. Biliyorsun annenin köpeklere alerjisi var."

"Hayır, yok," dedi Tim. "Sadece varmış gibi yapıyor."

"Yatağa," dedi Bay Malt. Kapıyı gösterdi.

"Ama..."

"Aması maması yok," dedi Bayan Malt. "Yatağa. Şimdi."

"İkiniz de korkunçsunuz," diye bağırdı Tim. "Sizden nefret ediyorum!"

"Aslında bunu kastetmiyorsun," dedi Bayan Malt. "Şimdi yatağa git."

"İyi geceler," dedi Bay Malt. "Sabaha görüşürüz."

Tim, anne babasına baktı. Sessizce, "Sizden nefret ediyorum," dedi. Sonra dışarı çıktı. Kapıyı çarpmayı düşündü, ama yapmamaya karar verdi. Çocukça davranmış olacaktı. Kapıyı sessizce kapattı ve yukarı çıktı.

Tim gittiğinde, Bay Malt Bayan Malt'a baktı ve "Çok kızmışa benziyor," dedi.

"Atlatacaktır," dedi Bayan Malt.

"Belki de köpeğe bakmayı düşünmeliyiz," dedi Bay Malt. "Sadece birkaç gün için."

Bayan Malt kocasına baktı. "İki şeyi unutmuş gibisin Terence."

"Öyle mi? Neyi unutmuşum?"

"Öncelikle, benim köpeklere alerjim var. İkincisi vazon."

"Vazom," diye tekrarladı Bay Malt. "Ah evet! Vazom." Vazonun ne kadar pahalı olduğunu hatırladı. O zarif mavi leylek resimlerini ne kadar sevdiğini hatırladı ve vazosunun şimdiki halini hatırladı: Yüzlerce parçaya ayrılmış bir halde, kahverengi bir zarfın içinde, çini vazo tamircisine gitmeyi bekliyordu. "Belki de haklısın. Belki de köpeği direk Battersea'ye götürmeliyiz."

"Elbette haklıyım," dedi Bayan Malt. "Benim hiç yanıldığımı gördün mü?"

"Hayır, hayatım. Asla."

Üst katta Tim yapması gerekenin ne olduğunu biliyordu: Yatağına girip, uykusu gelene kadar kitabını okumalı ve sonra da uyumalıydı. Ama o bunların hiçbirini yapmadı. Onun yerine sessizce çatı katına çıkıp parmak uçlarında babasının çalışma odasına girdi ve kitaplıktan büyük Dünya Atlasını aldı. Atlası masaya koydu ve içindekiler kısmında Stanislavya'yı aradı. Nasıl yazılıyordu? Stan... Stanis... Böyle bir şeyler. Listede Stan sözcüğünü aradı. Standish, Stanford, Stanger ve Stanhope'dan sonra Stanislavya'yı buldu. Listede şu bilgi vardı: Stanislavya 37/B3.

Tim bunun ne demek olduğunu anlamıştı. Atlasın 37. sayfasında B3 numaralı bir kare olacak ve orada da Stanislavya'yı bulacaktı.

Ve buldu.

Atlasa göre Stanislavya, dağlarla çevrili küçük bir ülkeydi. Denize kıyısı yoktu, ama ortasında uzun ve ince bir göl vardı.

Tim sayfaları çevirdi ve bir Avrupa haritası buldu. Haritanın sol tarafında Britanya'yı, sağ tarafında ise Stanislavya'yı buldu. İkisi arasında yolculuk etmek isteyecek bir kişi Manş Denizi'ni, birçok dağı ve birçok ülkeyi geçmek zorunda kalacaktı.

Londra'yla Stanislavya'nın başkenti Vilnetto arasında uzun bir yol vardı. Çok, çok uzun bir yol. Yine de Tim ne yapması gerektiğini biliyordu.

Tim parmak uçlarında aşağıya indi ve odasına döndü. Çalar saatini buldu ve saati sabah dörde kurdu. Sonra yalnızca onu uyandırsın, anne babasını uyandırmasın diye saatini yastığının altına koydu. Işığı ve gözlerini kapattı, sonra da rüyalarla dolu bir uykuya daldı.

Saatinin alarmıyla uyandı. Bir an için hâlâ rüyada olduğunu düşündü. Sonra ne yapmaya karar verdiğini hatırladı. Yataktan hemen çıktı ve üzerine temiz bir şeyler giydi. Sıcak tutan, akıllıca bir şeyler seçti: En sevdiği kot pantolon, bir çift kalın çorap, mavi bir tişört ve kalın yünlü bir kazak.

Odasının kapısını açtı. Kapı gıcırdadı. Bir dakika bekledi, ama ev sessizdi. Gıcırtı onları uyandırmamıştı. Parmak uçlarında odadan çıktı ve aşağı inip, antrede paltoların asılı olduğu yere geldi. Tim, babasının kabanına uzandı. Ceplerden birinde aradığı şeyi buldu: Babasının cüzdanı. Cüzdanı açtı. Bütün parayı –doksan beş pound– ve kredi kartını aldı. Sonra cüzdanı cebe geri koydu.

Anne babasının yatak odasının yanından geçerek, parmak uçlarında evin en üst katına çıktı. Çatıda, babasının bilgisayarını açıp internete bağlandı. Babasının her zaman bilet aldığı gezi sitesine girdi. Tim daha önce hiç bilet almamıştı, ama babasının internetten kitap ya da CD aldığını sık sık görmüştü, çok kolaydı: Sadece kredi kartı numarasını giriyordun ve biletler senindi.

Tim babasının kredi kartıyla Londra'dan Stanislavya'nın başkenti Vilnetto'ya iki bilet aldı. Uçak yediyi on geçeydi. Tim ekrandaki saate baktı. Dördü çeyrek geçiyordu. Şimdi gitmesi gerekiyordu. Siteye göre biletler onu havaalanında bekliyordu.

Fareyle ekranın başka bir yerine tıkladı ve hesap makinesini açtı. Onu kullanarak çabucak bir toplama yaptı. Doksan beş poundu bilet parasına ekledi, sonra bu miktarı haftalık cep harçlığına böldü. Sonuç yüz seksen üç çıktı. Bir kalem ve bir kağıt aldı, anne babasına çabucak bir not yazdı.

Anneciğim ve Babacığım,
Grk'ı sahiplerine götürebilmek için Stanislavya'ya gidiyorum. Onları bulunca geri döneceğim. Parayı aldığım için özür dilerim, ama ihtiyacım var. Lütfen 183 hafta boyunca harçlığımdan kesin.
Sevgiler
Tim

Notu, babasının göreceğinden emin olduğu bir yere, klavyenin üzerine bıraktı. Sonra bilgisayarı kapattı ve parmak uçlarında alt kata indi. Anne babasının yatak odasının önünden geçerken durup dinledi. Hiç ses yoktu. Derin derin uyuyorlardı.

Tim alt kattan birkaç şey daha aldı. Annesinin masasının sol çekmecesinde pasaportunu buldu. Sol çekmecede bir yumak ip buldu, ondan uzunca bir parça kopardı. Holden kabanını aldı, sonra evden dışarı çıktı ve kapıyı arkasından kapattı. Kilit sesini duydu.

Sokağın bir o ucuna bir bu ucuna baktı. Sokak bomboştu.

Düşündü: Boş mu?

Sonra gene düşündü: Boş mu???!!!

Tim tam bir ahmak gibi davrandığını fark etmişti. Grk'ın evin dışında olup olmadığını kontrol etmemişti bile. Eğer Grk gittiyse, tüm hazırlıkları boşa gitmiş olacaktı.

Islık çaldı. Sessizce ıslık çalmaya çalışıyordu, komşuları uyandırmak istemiyordu. Eğer onu gecenin dördünde sokakta görürlerse, hemen anne babasını ararlardı. Ama o kadar sessizce ıslık çalıyordu ki, Grk da onu duyamazdı. O yüzden biraz daha yüksek sesle ıslık çaldı. Sonra fısıldadı: "Grk! Grk! Neredesin?"

Köpekten hiç iz yoktu. Ya Grk gittiyse? Belki geceyi geçirecek daha sıcak bir yer bulmuştu.

Tim fısıldamaktan vazgeçti ve normal ses tonuyla seslenmeye başladı. "Grk! Grk! Gel buraya!"

Yakınlardaki arabalardan birinin altından küçük beyaz bir kafa göründü. Bir çift kara göz Tim'e bakıyordu.

"İyi çocuk," diye fısıldadı Tim. "Gel buraya!"

Grk arabanın altından çıktı ve kuyruğunu sallayarak Tim'e doğru hızla koştu.

"Eve gitmek ister misin? Natascha'yı görmek ister misin?"

Belki Tim hayal görüyordu ama bu sözlerinden sonra Grk kuyruğunu daha bir hızla sallamaya başlamıştı.

Tim yere eğildi. Elini cebine sokup ipi çıkardı ve Grk'ın tasmasına bağladı. Diğer ucunu tutarak ayağa kalktı. "Tamam. Hadi gidelim!"

Tim ve Grk birlikte yolda yürümeye başladılar; Tim'in evinden uzaklaşıyor, şeye doğru… Sahi nereye doğru? Yolculuklarının sonuna doğru yürüdüler; artık orası neresi olursa.

10. Bölüm

Timothy Malt, babasının iş gezileri için sık sık Avrupa'ya gittiğini, yani evden sabah altıda çıkıp taksiyle havaalanına gittiğini biliyordu. O yüzden Tim de böyle yapması gerektiğine karar verdi.

Sokağın sonuna doğru gitti, sola, sonra da sağa döndü ve anayola doğru yürüdü. Elinde Grk'ın kırmızı tasmasına bağlı olan bir parça ip vardı. Grk yanında havayı koklayarak tıpış tıpış yürüyordu.

Anayola vardıklarında, Tim bir an çok korktu. Arabalara ve kamyonlara baktı. Tüm o yabancıları gördü. Dünyanın büyüklüğü ve kendi küçüklüğüyle ilgili cesaret kırıcı bir duyguya kapıldı. Geriye dönüp eve gitse daha iyi olabileceğini düşünmeye başladı.

Sonra eğilip Grk'a baktı. Köpeğin yanıt vermeyeceğini bildiği halde ona bir soru sordu. "Eve geri dönelim mi?"

Küçük köpek kafasını kaldırıp Tim'e baktı, sakin kara gözlerini kırptı ve acı acı havladı. Hav!

Bununla ne demek istemişti?

Bilmiyorum. Tim de bilmiyordu.

Eğer bir köpeğin söylediklerini anlayabilseydin, çok ilginç bazı şeyler öğrenirdin. Maalesef köpekler Köpekçe, insanlar da İnsanca konuşuyorlar ve dünya üzerinde her ikisini de konuşabilen biri yok.

Dolayısıyla Tim tek başına karar vermek zorundaydı. Devam etmeli miydiler? Yoksa eve mi koşmalıydılar? Bunu düşünmesine gerek bile yoktu. İpi elinde sıkıca tuttu ve anayolda trafik ışıklarına doğru yürüdü. Tim ve Grk bir taksi bulabilmek için ışıkların yanında beş dakika boyunca beklediler. Bir tanesi geçip gitti. Çılgınca el sallamasına rağmen biri daha Tim'i fark etmeden geçti. Üçüncü taksi durdu.

Tim parmak uçlarında yükseldi, pencereye dayanıp eğilerek sürücüye baktı. "Heathrow Havaalanı lütfen," dedi Tim.

"Heathrow mu? Evet, tabii," dedi sürücü. "Atla."

Tim kapıyı açtı ve Grk'ı içeri soktu.

Sürücü arkasını döndü ve parmağını salladı. "Hey, hey, hey. Köpek yok."

"Neden?"

"Sigara içilmez, dondurma yenmez ve köpek giremez. Kurallar böyle."

Tim, "Çok temiz bir köpektir," dedi.

"Kural kuraldır. Sigara içilmez, dondurma yenmez ve köpek giremez. Üzgünüm."

"Yerde oturur. Ortalığı kirletmez, söz veriyorum."

"Benim taksim, benim kurallarım," dedi sürücü. "Üzgünüm." Aynaya baktı ve gitmeye hazırlandı.

"Dur," dedi Tim. "Fazladan on pound ödesem?"

Sürücü bir an Tim'e bakakaldı. "Yirmi."

Tim kafasını salladı.

"Hadi o zaman," dedi sürücü. "Kurallar çiğnenmek içindir, öyle değil mi?"

Tim taksiye bindi, kapıyı kapattı ve arka koltuğa çöktü. Grk da yere, ayaklarının arasına yattı. Sürücü, dikiz aynasından Tim'e baktı.

"Heathrow dedin, değil mi?"

"Evet, lütfen."

"Şimdi gidiyoruz." Sürücü arabayı çalıştırdı ve gaza basıp trafiğe karıştı.

Heathrow'a gitmek yaklaşık bir saat sürdü. Sürücü hiç durmadan konuştu, ama Tim onu duymazdan geldi. Günün geri kalan kısmında neler olacağını düşünüyordu. Stanislavya'ya vardığında ne yapacaktı? Nasıl bir yerdi? Büyük mü? Küçük mü? Kalabalık mı? Tenha mı? Yağmurlu mu? Kurak mı? Çöl kadar sıcak mı? Kuzey Kutbu kadar soğuk mu?

Ya Grk'ın sahipleri? Ya onları bulamazsa? Adlarını bile bilmiyordu. Sadece onunla aynı yaşlarda, adı Natascha olan bir kızları olduğunu biliyordu. Ya babası haklıysa ve köpeklerinden nefret ediyorlarsa? Ya Grk'ı Londra'da isteyerek bıraktılarsa? Ya...? Peki ya...? Peki ya...?

Bu düşünceler Tim'in kafasında dönerken gittikçe daha fazla korkuyordu. Kalbi daha hızlı atmaya başladı. Korkunç bir şey yapıyor olabileceğini düşündü. Anne babası onu evlatlıktan reddedecekler miydi? Bir ıslahevine mi atılacaktı?

Hapishaneye mi konacaktı? Acaba Stanislavya'dan dönebilecek miydi?

Pencereden dışarı baktı ve bunun Londra sokaklarını son görüşü olup olmadığını düşündü.

Tim'in Heathrow Havaalanı'nda sürücüye altmış üç pound vermesi gerekmişti. Paranın yarısından fazlası gitmişti ve daha Britanya'dan ayrılmamıştı bile.

Sürücü parayı cebine attı ve sırıttı. "İyi tatiller dostum."

"Tatile çıkmıyorum," dedi Tim.

"Nereye gidiyorsun?"

Tim, kendi işine bak, demeye niyetlendi. Ancak bunu, paranın yarısından fazlasını alan açgözlü bir adama söylemenin bile kaba olacağını biliyordu. "Bir iş gezisine çıkıyorum."

"İş için biraz genç sayılmaz mısın?"

"Hayır."

"Evet, umarım kârlı geçer. İyi şanslar dostum." Sürücü başparmağıyla her şey yolunda işareti yaptı ve uzaklaştı.

Tim ve Grk havaalanına doğru yürüdüler. Kapıda, kurşungeçirmez yelekli, makineli tüfekler taşıyan iki uzun boylu polis memuru tarafından durduruldular.

İlk polisin, dudaklarının üzerine asılmış bir sümüklüböceğe benzeyen kısa bir bıyığı vardı. Grk'ı gösterdi. "Onu buraya sokamazsınız, efendim."

"Neden?"

"Havaalanına köpekler giremez," dedi ikinci polis memuru. Sinekkaydı tıraş olmuştu, ama yüzüne asılmış bir çift sümüklüböceğe benzeyen çalı gibi kaşları vardı.

Tim kıkırdamak istedi (tüm bu sümüklüböcekler çok komik görünüyordu), ama polislere gülersen çok sinirlenebileceklerini biliyordu. O yüzden, "Köpeği havaalanına sokmam gerek. Benimle birlikte uçağa binecek," dedi. İki polis birbirlerine baktılar. Birinci polis, "Onu içeri sokamayız. Kurallar, içeri köpek giremeyeceğini söylüyor," dedi.

İkinci polis de onaylar anlamda kafasını salladı. "Ama bu kurallar aynı zamanda yolcuları havaalanına almanız gerektiğini de söylüyor."

"Eğer bir köpekse onu havaalanına alamayız."

"Ama bir yolcuysa havaalanına almanız gerekir."

İki polis birbirlerine baktılar. Ne yapılması gerektiğini her ikisi de bilmiyordu.

Birinci polis, "Biraz arada kaldık," dedi.

"Kesinlikle öyle," dedi ikinci polis.

Tim saatine baktı. Uçağı bir saat elli dakika içinde kalkacaktı. Web sitesinde özellikle uçağın kalkışından iki saat önce orada olmak gerektiği yazıyordu. "Şimdi kayıt yaptırmam gerekiyor. Yoksa uçak bensiz kalkacak."

"Endişelenmeyin," dedi birinci polis. "Uçak siz olmadan kalkmayacak."

"Karışıklıktan kurtulmamız için bize bir dakika verin," diye ekledi ikinci polis.

İki polis, konuştuklarının duyulmaması için birkaç adım geriye gidip fısıldaşmaya başladılar. Birkaç dakikalık yoğun tartışmadan sonra, her ikisi de kafa sallayarak onayladı. Geri geldiklerinde sümüklüböcekli yüzleri gülümsemeleriyle parlıyordu. "Böyle gelin, genç adam," dedi birinci polis. "Ve köpeği getirin."

"Resmi bir korumanız oldu," diye açıkladı ikinci polis. Eğer Tim'le birlikte havaalanının içinden yürürlerse, köpeği içeri sokmasında bir sakınca olmayacağına karar verdiler. Sonuçta, silahlı iki adamın eşlik ettiği bir köpek ne yapabilirdi? Dördü birden havaalanının içinde yürüdüler ve SH olarak da bilinen, STANİSLAVYA HAVAYOLLARI yazılı masayı buldular. Tim, pasaportunu ve babasının kredi kartını çıkardı, onları masanın arkasında duran uzun boylu, zayıf, kumral kadına verdi. Tim, "Biletlerimi almak için geldim," dedi.

Kadın pasaportu ve kredi kartını aldı. Tim'in her iki yanında duran polislere bir bakış attı. Anlıyorum, diye geçirdi kafasından. Neler olduğunu biliyorum. VIP* olmalı. Bu yüzden ona iki polis eşlik ediyor. Bu çok önemli insana çok kibar davranmaya karar verdi. "Teşekkür ederim efendim. İki bilet. Doğru, değil mi?"

"Evet," dedi Tim. Efendim diye çağırılmak hoşuna gidiyordu.

"Bir bilet sizin için?"

"Evet."

"Peki, ikinci bilet kimin?"

"Onun için." Tim yeri gösterdi.

Kadın masanın üzerinden eğilerek Grk'a baktı. Eğer Tim bir VIP olmasaydı, belki bazı sorular sorabilirdi. Örneğin, neden köpeğinizin kendine ait bir yeri var? Ya da, senin gibi

---

* VIP (Very Important Person): Protokol bakımından "Çok Önemli Kişi" anlamına gelen bu terim, havaalanında bazı ayrıcalıklara sahip "önemli" kişileri ifade eder.

bir çocuğun burada yapayalnız işi ne? Hatta, bu gerçekten senin kredi kartın mı? Ama bir VIP'nin asla bu tip sorularla rahatsız edilmemesi gerektiğini biliyordu. Onun yerine, "Sizi First Class bölüme alıyorum. Umarım orada rahat edersiniz, efendim," dedi.

"Teşekkürler," dedi Tim.

Grk kuyruğunu salladı. Belki de daha şimdiden, First Class'ta verilen yemeklerin üstün kalitesini hayal etmeye başlamıştı.

İki polis birbirlerine baktılar. Bir tanesi sümüklüböcek kaşlarından birini kaldırdı. Diğeri gülümsedi ve sümüklüböcek bıyığı ağzının köşesinden yukarı doğru kalktı. Bu çocuğun bir VIP olduğunu fark ettiler. Sadece VIP olanlar First Class'a alınırdı.

Masanın arkasındaki kadın Tim'e bakıp, "Bavulunuz var mı efendim?" dedi.

"Hayır," dedi Tim.

Hostes ve iki polis etkilenmişlerdi. Sadece çok zengin kişiler bavulsuz seyahat edebilir, gidecekleri yerlerde ihtiyaç duydukları şeyleri alabilirlerdi. Hostes gülümsedi. "Biniş kartınız ve pasaportunuz burada. İyi uçuşlar."

İki polis, Tim ve Grk'a havaalanının içinde eşlik etti ve her kuyrukta en öne geçmelerini sağladı. SH masasındaki kadın uçaktaki arkadaşlarını arayarak, bir VIP karşılamak üzere olduklarını haber verdi. Tim ve Grk iki polisin eşliğinde oraya vardıklarında, tüm diğer yolcular onlara bakıp fısıldaşmaya başladılar.

"Bu, Prens George," diye fısıldadı içlerinden biri. "Danimarka Kralı'nın torunu."

"Hayır, hayır," diye fısıldadı bir başka yolcu. "Bu, Davy Nickers; yeni müzik grubundaki çocuk."

"İkiniz de yanılıyorsunuz," diye ısrar etti üçüncü bir yolcu. "Bu, Gary Grant. Daha on beş yaşında ve Manchester United takımından haftada elli bin papel alıyor."

Neyse ki, Tim yolcuların hiçbirini duymadı, yoksa kıkırdamaya başlardı.

Onunla tokalaşıp iyi uçuşlar dileyen iki polise veda etti. Sonra, hava hosteslerinden biri Tim ile Grk'ı yerlerine götürdü.

Tim ve Grk yerlerine yerleşirken, başka bazı önemli şeyler olmaktaydı.

Öncelikle, SH masasındaki kadın, Stanislavya'nın başkenti Vilnetto'daki patronunu arıyor, Londra uçağıyla bir VIP'nin oraya geleceği konusunda patronunu uyarıyordu.

İkinci olarak, Bay ve Bayan Malt uyanmak üzereydi.

Her sabah olduğu gibi, yataklarında on dakika daha uzanıp radyo dinlediler. Sonra kalktılar. Bay Malt banyo yaptı, Bayan Malt da duş aldı. (İki banyoları vardı, çünkü üzerlerinde giysileri yokken birbirlerini görmeyi sevmezlerdi.) Alt kata indiler ve kahvaltı yaptılar. Beş dakika sonra, Bayan Malt merdivenlerin başında durup bağırdı, "Tim! Tim! Uyanma vakti!" Yanıt yoktu. İç çekti, kafasını salladı, merdivenlerden çıktı ve oğlunu uyandırmaya gitti.

Bay Malt mutfakta bir kâse kurutulmuş muzlu kepekli gevreğini yiyor, bir fincan sade kahve içiyor ve gazetesini okuyordu. Kanada Kazlarının göç düzeniyle ilgili olağandışı bir hikâye okuyordu. O kadar sürükleyiciydi ki, karısı mutfağa girip "Terence!" dediğinde, zahmet edip ona bakmadı bile.

"Evet, canım?"

"Ah Terence! olanlara inanamayacaksın!"

"Evet, canım," dedi Bay Malt ve Kanada Kazlarını okumaya devam etti.

"Aman Tanrım," dedi Bayan Malt. "Ne yapacağız şimdi?"

"Evet, canım."

"Terence. Beni dinliyor musun?"

"Evet, canım," dedi Bay Malt kafasını gazeteden kaldırmadan. "Sorun nedir?"

Bayan Malt derin bir nefes aldı. "Tim odasında değil. Sanırım kaçırılmış."

"Sahi mi canım?" Bay Malt kafasını salladı ve Kanada Kazlarıyla ilgili birkaç cümle daha okudu. Sonra karısının sözleri kafasına dank etti. Gözlerini gazeteden kaldırdı ve kafası karışmış bir ifadeyle ona baktı. "Kaçırılmış mı? Sen kaçırılmış mı dedin?"

11. Bölüm

Bu hikâyeyi doğru düzgün anlayabilmen için sana birkaç şey daha anlatmalıyım. Sana Grk'ın sahiplerini, bulundukları ülkeyi ve oradaki politik durumu anlatmam gerek.

Bunu yapabilmek için zamanda biraz geriye gitmeliyiz.

Tim'in Grk'ı bulmasından birkaç gün önce (ya da bakış açına göre, Grk'ın Tim'i bulmasından diyebiliriz), Stanislavya Başkanı tutuklandı. Hapse atıldı ve başına elli asker kondu. Stanislavya Ordusu ve Hava Kuvvetleri Başkomutanı Albay Zinfandel, ülkenin kontrolünü ele geçirdi.

Gabriel Raffifi yaşamının çoğunu Stanislavya hükümeti için çalışarak geçirmişti. Diplomatik hizmetlerde görev almıştı. Gerçekler, adalet ve Stanislavya halkının onuru için kendi hayatını feda etmeye hazır olmasıyla meşhurdu. Bazıları onun bir gün Stanislavya başkanlığına aday olabileceğini düşünüyordu.

Albay Zinfandel'in ondan nefret etmesinin sebebi buydu.

Gabriel Raffifi kariyeri süresince dünyanın her yerinde görevlendirilmişti. İlk işinde Avusturya'daki Stanislavya Büyükelçiliğinde çalışmıştı. Sonra, kötülükleriyle ün salmış Pelotti çetesinin yakalanmasına yardımcı olduğu Uruguay'a gitmişti. Bundan sonra terfiler birbirini takip etmiş ve önce Letonya, sonra Kanada, daha sonra da İspanya'daki Stanislavya Büyükelçiliğine atanmıştı. Bundan iki yıl önce Londra'ya gönderilmiş ve Demokratik Stanislavya Cumhuriyeti'nin Britanya Büyükelçisi olarak atanmıştı.

Uzun boylu, güzel eşi Maria ve iki çocukları Natascha ve Max ile birlikte Kensington'daki Stanislavya Büyükelçiliğinde yaşıyorlardı.

Max Raffifi on beş yaşındaydı. Sporu severdi. Yetenekli bir futbolcu olarak okul takımında orta sahada oynardı ve sık sık kaptan bandı takardı. Aynı zamanda, dünyanın en iyi genç tenis oyuncularından biriydi. Aile, tatillerde genelde Maine, Buenos Aires ya da Auckland'a gidip Max'in tenis yarışmalarını seyrederdi. Yeni Zelanda 16 Yaş Altı Tenis Kupası'nda ve Arjantin Gençler Açık Tenis Turnuvası'nda altın madalya kazanmıştı. Ama Wimbledon'da hiç oynamamıştı; bu onun en büyük arzusuydu.

Natascha Raffifi ailenin bebeğiydi ki, bu hikâyemiz için çok önemli. On iki yaşındaydı. Fark edilir derecede zeki, güzel ya da yetenekli değildi, ama yüzünde herkese bol bol dağıttığı bir gülücük vardı hep. Nereye giderse gitsin, insanlar onu hep sevgiyle hatırlardı.

Natascha Raffifi'yle ilgili bu hikâye açısından önem taşıyan başka bir şey daha var. Onun bir köpeği vardı.

Adı Grk'tı.

Gabriel Raffifi akıllı ve deneyimli bir adam olduğu için, Başkan'ın tutuklanmasının ardındaki gerçeği anlamıştı. Albay Zinfandel'in, gücünü halka dayatmak için Orduyu ve Hava Kuvvetlerini kullandığını ve Stanislavya'yı bu şekilde ele geçirdiğini fark etmişti. Tam da o esnada, Zinfandel'in düşmanları kaçıyordu.

Bu yüzden Gabriel Raffifi evden mümkün olduğunca çabuk çıkmaları gerektiğini biliyordu. Karısına, eşya toplayacak vakitlerinin olmadığını söyledi. Bütün eşyalarını arkalarında bırakmaları gerekiyordu.

Karısı şok geçirmişti. "Ya giysiler?"

"Satın alabiliriz."

"Para bile alamaz mıyız? Ya pasaportlarımız?"

"Hiç vakit yok," diye ısrar etti Gabriel Raffifi. "Hemen çıkmalıyız."

"Peki ya tenis ödüllerim?" dedi Max.

"Hayatın ödüllerinden daha önemli," dedi babası.

Natascha, sormasına gerek bile olmadığını biliyordu, "Peki ya Grk?" Nereye giderlerse Grk da onlarla giderdi. Hayatı en az onlarınki kadar önemliydi.

Bütün aile holde toplandı. Gabriel Raffifi, "Evden hiçbir şey yokmuş gibi çıkacağız. Sakin ve mutlu görüneceğiz. Yüzümüzde mutlu bir gülümseme olacak. Böylelikle, eğer peşimizde Albay Zinfandel'in ajanları varsa kaçtığımızı anlamayacaklar. Yoldan aşağı yürüyüp arabaya binerek uzaklaşacağız. Herkes anladı mı?"

Hepsi kafalarını salladı.

"O zaman hadi gidelim," dedi Gabriel Raffifi.

O anda kapı çaldı.

Bütün aile tamamen sessizliğe gömüldü. Grk bile kımıldamadı. Kapıya bakıyorlardı. Elbette kapıyı kimin çaldığıyla ilgili hiçbir fikirleri yoktu. Belki de postacı bir paket getirmişti. Belki yan evdeki büyükelçi bir fincan şeker istemeye gelmişti.

Gabriel Raffifi, "Kımıldamayın. Sessiz olun," diye fısıldadı. Parmak uçlarında sokak kapısına doğru gitti ve gözetleme deliğinden baktı.

Kapının diğer tarafında, koyu renkli takım elbiseleri ve güneş gözlükleriyle beş adam duruyordu. İçlerinden birini tanıdı: Vücudundaki yağ eksikliğinden dolayı yürüyen iskelete benzeyen, zayıf kemikli bir adamdı. Bu, Stanislavya Gizli Servisi'nin şefi Major Raki'ydi. Major Raki, acımasızlığıyla bütün Stanislavya'da tanınırdı. Sadece adının söylenmesi bile suçluların konuşmasına yeterdi.

Gabriel Raffifi holü telaşla geçerken ailesine onu takip etmelerini söyledi ve evi baştan başa katederek mutfağa ulaştı. Bahçenin dibinde bir çıkış vardı; oradan çıkıp Kensington boyunca koşarak metroya ulaşabilirlerdi.

Mutfağa vardıklarında pencereden bahçeye baktılar. Camın diğer tarafındaki verandada Stanislavya Gizli Servisi'nden onları bekleyen beş adam daha vardı. Çıkış yoktu.

O anda korkunç bir ŞANGIRR! sesi duydular. Üst kattan geliyordu. O sesi bir başka şangırtı ve ardından da ahşap kesme sesi takip etti.

Natascha dehşete kapılmıştı. "Bu da neydi?"

"Sokak kapısı," diye yanıtladı Max. "Kapıyı kırdılar."

"Kaçamayacağız," dedi babaları. Diz çöktü ve kollarıyla karısını ve çocuklarını sardı. Grk da ortalarındaydı ve Gabriel Raffifi'nin parmaklarını yalamak için pembe dilini çıkardı. "Cesur ol," diye fısıldadı Gabriel. "Cesur olmamız gerek. Şimdi ne yapacağımızı anlatıyorum..."

Stanislavya Gizli Servisi Şefi Major Raki, iki ajanıyla birlikte mutfağa girdiğinde, Raffifi ailesini, sanki dünya umurlarında değilmiş gibi, masaya oturmuş iskambil oynarken buldu. Grk, yerde Natascha'nın ayaklarının dibinde oturuyordu.

"Günaydın," dedi Major Raki. Yakından daha da korkunç görünüyordu. Yüzünde çıkıntılı elmacık kemikleri, parmaklarında her bir eklemin ve boğumun fırladığı görülebiliyordu. Üst dudağının üzerinde boya kalemiyle çizilmiş gibi duran bir bıyığı vardı. Her zaman, gece bile güneş gözlüğü takardı. Hiç kimsenin, annesinin bile, gözlerini görme izni olmadığı söylenirdi.

Grk, Major Raki'yi gördüğünde hırlamaya başladı.

"Günaydın," diye karşılık verdi Gabriel Raffifi. "Yardımcı olabilir miyiz?"

"Kesinlikle yardım edebilirsin," dedi Major Raki ve ileriye doğru bir adım attı.

Grk'ın sırtındaki tüyler diken diken olmuştu ve biraz daha yüksek sesle hırlamaya başladı.

Major Raki, "Gabriel Raffifi, Albay Zinfandel'in emriyle seni ve aileni tutukluyorum," dedi ve cebinden bir çift kelepçe çıkararak Gabriel'in bileklerine doğru götürdü.

Tam o anda Grk ileri doğru atıldı. Çenesini kocaman açmıştı. Ama odanın diğer yanından atlayıp da beyaz keskin dişlerini Major Raki'nin koluna batırmadan önce, Natascha onu tasmasından yakaladı ve geri çekti. Major Raki'nin kemikli kolunu ısırdığı takdirde Grk'ın başına ne geleceğini bilemiyordu, ama hoş bir şey olmayacağı kesindi.

"Buradan lütfen," dedi Major Raki. "Hepiniz. Beni izleyin."

Max, "Nereye gidiyoruz?" diye sordu.

"Konuşmak yok!" diye atladı Major Raki. "Beni takip edin."

Major Raki mutfaktan çıkıp üst kata yöneldi. Raffifi ailesi onu takip etti. Başka seçenekleri de, kaçma şansları da yoktu: Stanislavya Gizli Servisi'nden on koruma her hareketlerini izliyordu.

Sokakta, evin dışında beyaz bir kamyonet park etmişti. Korumalardan biri arka kapıyı açtı ve aileye içeri girmelerini emretti.

Aile kamyonete bindi. Koruma, kapıları kapatıp aileyi içeri kilitlemeye hazırlanırken, Major Raki bağırdı: "Durun!" Tüm korumalar ona baktı. "Köpek," dedi kısık sesle Major Raki. "Köpeği başınızdan atın."

"Hayır," diye fısıldadı Natascha. "Hayır, lütfen." Kollarını Grk'ın boynuna doladı ve onu göğsüne bastırdı.

Üç koruma kamyonete çıktı. Natascha umutsuzca çırpındı ama korumalar ondan daha güçlüydü. İçlerinden biri kollarını tuttu, diğeri de Grk'ı yakaladı.

Neden ailenin diğer fertleri hiç yardım etmiyordu? Çünkü öldürülebilirlerdi. Kamyonetin içi dışardan görünmüyordu ve üçüncü koruma cebinden bir tabanca çıkarmıştı. Tabancayı Max, Maria ve Gabriel Raffifi'ye doğrulttu. "Kıpırdayan olursa vururum. Anlaşıldı mı?"

Dolayısıyla kimse kıpırdamadı.

Grk dışında.

Grk kafasını çevirdi, ağzını açtı, keskin beyaz dişlerini onu tutan korumanın etli avucuna geçirdi. Koruma çığlık attı, Grk'ı düşürdü ve eline baktı. Diş şeklindeki bir sürü delikten kan fışkırıyordu.

Grk şimdi kamyonetin içinde yerdeydi. Kendi etrafında dönüp dişlerini ikinci korumanın ayak bileğine geçirdi. Maalesef ikinci koruma kalın deri çizmeler giymişti ve Grk'ın dişleri çok küçüktü. Dişleri deriden geçmedi. Şişman, barbar bir adam olan koruma, ayağını kaldırıp Grk'ın karnının ortasına kısa ve sert bir tekme vurdu.

Grk ciyaklayarak yerde kıvranıyordu. Patileriyle yere tutunabilmek için çabaladı, ama yeterince hızlı değildi. Koruma onu tekrar, bu kez daha sert tekmeledi.

Grk kamyonetten dışarı fırladı, havada döndü ve yola düştü. Hareketsiz bir halde asfalta serildi.

Natascha fırlayıp Grk'ı yakalamaya çalıştı, ama annesi onu geri çekti. Korumalara karşı çıkarlarsa başlarına gelebilecekleri biliyordu.

Korumalar kamyonetten çıkıp, kapıyı sertçe kapattılar ve sürücüye hareket edebileceğini belirten bir işaret yaptılar. Sürücü arabayı çalıştırdı.

Eğer o anda Rudolph Gardens'da dolaşıyor olsaydın, tuhaf bir görüntüyle karşılaşırdın: Yoldan aşağı hızla giden beyaz bir kamyonet ve arka pencereden bakan iki küçük, umutsuz yüz.

Max, tekrar görüp göremeyeceğini düşünerek evlerine baktı.

Natascha yalnızca bir tek şeyi görebiliyordu. O, yerde hareket etmeden öylece yatan Grk'ı izliyordu. Natascha, kamyonet yolun sonundaki köşeyi dönene kadar gözlerini Grk'tan ayırmadı. Ve artık onu göremiyordu.

12. Bölüm

Kamyonet gözden kaybolunca Grk ayaklarının üzerinde doğruldu ve sürünerek yol kenarına gitti. Yoldan geçen bir arabanın altında kalmak istemiyordu. Kaldırıma yatıp yaralarını yalamaya başladı.

Orada, Natascha'nın geri geleceğini umarak saatlerce yattı. Onun nereye ya da niçin gittiğini hiç anlamamıştı.

Gece olduğunda Grk midesinde hiç hoş olmayan bir şey hissetti.

Boşluk. Berbat bir boşluk.

Saatler geçtikçe, midesi sanki daha da boşalıyordu.

Başka seçeneği kalmadığında, artık yiyecek bulması gerektiğini anlamıştı. Kaldırımdan usulca yürüyüp evi arkasında bıraktı ve yiyecek aramaya koyuldu. Çöpte bir parça ekmek buldu ve onu yedi. Sonra yolda yarısı yenmiş bir kebap buldu ve onu da yedi.

Midesindeki boşluk azaldığında, Grk tekrar Rudolph Gardens'a dönüş yolunu bulmaya çalıştı, ama bulamadı. Kaybolmuştu.

Grk kayıp, yalnız ve korkmuş bir halde günlerce Londra'da gezdi. Çöplerdeki yiyecekleri yedi. Arabalardan ve kamyonlardan kaçtı. Parklarda ya da mukavvaların altında kıvrılıp uyudu. Tekmelendi, kovalandı ve neredeyse eziliyordu.

Sonra Tim'i buldu.

13. Bölüm

Eğer çok kolay sarsılıyorsan lütfen bu bölümü okumadan geç ve direk 14. Bölüm'den devam et.

Bu bölümü, eğer en korkunç olayların ayrıntılarını hiç titremeden veya gözlerini kapatmadan dinleyebiliyorsan okumalısın. Umarım bu tip şeyler hiç başına gelmez.

Bu son şansın. Eğer korkunç olayların detaylarını görmeye katlanamıyorsan direk olarak 14. Bölüm'e git.

Giden kimse var mı?

Güzel. O zaman devam edelim.

Raffifi ailesinin, Rudolph Gardens'daki evlerinden yaka paça dışarı çıkarılıp, Stanislavya Gizli Servisi'nden birçok koruma eşliğinde beyaz bir kamyonete tıkıldığını hatırlıyor olmalısın.

Kamyonet iki saat boyunca hiç durmadı. Gabriel Raffifi çocuklarına sakin olmalarını ve gelecekle ilgili endişelenmemelerini söyledi. Her şeyin yoluna gireceğine dair onlara söz verdi. Hepsi korkmuştu ama cesurdular; o yüzden hislerini çok fazla göstermediler. Her şey yolundaymış gibi yaptılar. Kısık sesle, sıradan şeylerden konuşuyorlardı: Öğlen ne yemek istedikleri, hava durumu ve Max'in bir sonraki tenis maçını nerede yapacağı gibi şeyler. Natascha hepsinden çok korkuyordu ve zar zor konuşabiliyordu. Grk'ı ve ona ne olduğunu düşünmeden edemiyordu. Natascha ailenin en küçüğüydü, o yüzden ağlasa ya da titremeye başlasa kimse şaşırmazdı. Ama o, gözle görünür şekilde cesurdu. Kamyonetin bir köşesine oturup, yüzündeki gülümsemeyle sohbete katıldı.

İki saat sonra kamyonet durdu ve arka kapılar açıldı. Yalpalayarak dışarı çıktılar ve kendilerini geniş, büyük, boş bir asfaltın ortasında buldular. Esintiyle dalgalanan bazı bayraklar gördüler. Birkaç tane bina onlara yukarıdan bakıyordu. Yakınlarında küçük bir jet bekliyordu. Tıpkı Gabriel Raffifi'nin şüphelendiği gibi, Stanislavya'ya geri götürülüyorlardı.

Eğer kaçacak bir yol olsaydı Gabriel Raffifi mutlaka kaçardı. Albay Zinfandel'in onu Stanislavya'da beklediğini biliyordu ve Gabriel Raffifi'nin bu gezegende Albay Zinfandel'den daha çok korktuğu ya da nefret ettiği hiç kimse yoktu. Ancak, kaçmaları mümkün değildi. Korumalar onlara uçağa binmelerini emrettiğinde, Bay Raffifi ailesine dönüp onaylar gibi kafasını salladı. Onlara söyleneni yaptılar.

Küçük uçakta on tane koltuk vardı. Raffifi ailesi dört koltuğa oturdu; geri kalan altı tanesinde de, siyah takım elbiseli ve güneş gözlüklü zayıf adam dahil, Stanislavya Gizli

Servisi'nden altı adam oturuyordu. Major Raki, onu görmüyormuş gibi yapan Raffifi ailesine doğru başını sallayıp gülümsedi. Raffifi ailesi sanki tatile gidiyormuş gibi bir havadaydı. Max ve Natascha, kimin cam kenarında oturacağına dair tartışmışlardı bile. Tartışmayı Natascha kazandı. Ailenin en küçüğü olduğu için bu tip tartışmaları kazanmasına hep izin verilirdi.

Herkes kemerlerini taktığında uçak pistte hızlandı ve havalandı.

Dediğim gibi, bu bölümü elimden geldiğince kısa ve acısız bitirmeye çalışıyorum. Burada anlatılan olaylar hiç hoş değil. Bu tip şeylerin bizim ya da sevdiğimiz birinin başına gelmemesini umalım.

Vilnetto'ya uçuş yaklaşık üç saat sürdü. Uçak, şehrin dışındaki küçük bir havaalanına indi. Stanislavya Ordusundan elli askerin eşlik ettiği, askeri araçlardan bir konvoy bekliyordu orada.

Bay Raffifi tüm bu askerleri görünce bir kahkaha attı. "Bizim kim olduğumuzu sanıyorlar? Kaçmamızı engellemek için gerçekten elli tane asker mi gerekiyor? Barışsever bir adam, karısı ve çocukları. Elli tane askere biz ne yapabiliriz ki?"

Karısı ve çocukları, onlar da şaşırmıştı ve onlar da cesurmuş gibi gülümsediler, ama bu numaraya devam etmek bir hayli zor olmaya başlamıştı. Hiçbir şey yolunda görünmüyordu. Tek kelime etmediler. Korkmuş olduklarını belli etmeden konuşmayı beceremeyeceklerini biliyorlardı. Bu tip durumlarda en iyisi sessiz kalmaktır.

Major Raki, Raffifi ailesinin yanından geçerken sertçe topuklarını birbirine vurdu ve selam durdu. Güneş, kara gözlüklerinden yansıyordu. Askerlere birkaç sözcük mırıldandı. On adam Raffifi ailesini çevreledi. Beşi Bay ve Bayan Raffifi'nin etrafındaydı. Diğer beş asker de Max ve Natascha'nın yanındaydılar.

Major Raki gülümsedi. "Bayan Raffifi, çocuklarınıza veda edebilirsiniz. Ve siz de Bay Raffifi, aynı şekilde."

Bay ve Bayan Raffifi birbirlerine baktılar. Sonra her ikisi de onaylayıp kafalarını salladılar. Karşı çıkıp tartışarak ellerine hiçbir şey geçmeyeceğini biliyorlardı. Bayan Raffifi, sırayla çocuklarına sarıldı. Kocası da öyle. Sonra, askerlerin onları alıp yeşil bir askeri kamyona götürmesine izin verdiler. Bayan Raffifi kamyona binmeden az önce arkasını dönüp el salladı. Max ve Natascha da ona el salladılar. Sonra askerlerden biri ağır elini kaldırıp Bayan Raffifi'yi kamyona soktu.

Natascha'nın yanaklarından yaşlar süzülüyordu. Max ağlamamayı başarmıştı; bu korkunç insanların önünde gururlu ve haysiyetli kalmanın önemli olduğunu biliyordu.

İkisi de bunu kabul etmezdi, ama Max de Natascha da anne babalarını tekrar göremeyeceklerini düşündüler.

Bunu söylemek bana acı veriyor, ama haklıydılar.

İki çocuk, bir başka yeşil askeri kamyona zorla bindirildiler. İçeride, Max ve Natascha yere yuvarlandılar. Askerler çevrelerini sardı. Aracın motoru gürültüyle çalıştı ve hızla oradan uzaklaştılar.

Kamyonun arkasında hiç pencere yoktu, o yüzden nereye gittiklerini göremiyorlardı. Sesler duyuyorlardı: Kuşların cıvıltısı, gazete satan insanların bağırtısı, trafiğin uğultusu.

78

On ya da on beş dakika gittikten sonra Max kardeşine döndü ve "En azından yurdumuzda, Stanislavya'dayız," dedi.

"Doğru," dedi Natascha, olduğundan çok daha cesur görünmeye çalışarak. "İnsanın yurdunda olması her zaman iyidir."

Max yanlarında oturan askere baktı. Yüzü kırmızı beneklerle kaplı, çirkin bir barbardı. Max, "Bizi nereye götürüyorsunuz?" dedi.

"Konuşmak yok," diye hırladı diğer asker.

"Bizi nereye götürdüğünüzü bilmek istiyorum."

"Konuşmak yok!" Diğer asker yumruğunu kaldırıp Max'e vurmakla tehdit etti. Max yerine çöktü ve sessiz olmaya çalıştı.

On beş ya da yirmi dakika sonra kamyon durdu. Dışarıdan bir konuşma sesi duyuluyordu. Kamyon tekrar hareket etti, bir dakika kadar gitti ve sonra tekrar durdu. Pat! Pat! Birisi kamyonun kenarına vurmuştu. "Dışarı. Hadi! Hadi!"

Max ve Natascha isteneni yaptı. Yalpalaya yalpalaya aşağı indiler.

Kendilerini dar bir bahçede buldular. Dört taraflarında yüksek, penceresiz duvarlar vardı. Birçok asker onları izliyordu. Her askerde bir Kalaşnikof vardı. (Bilmiyor olabilirsin diye söylüyorum, Kalaşnikof bir çeşit makineli tüfektir.)

Max, kamyonda onlara eşlik eden çirkin askere döndü ve "Neredeyiz?" dedi.

"Tek bir kelime daha edersen seni vururum," diye yanıtladı asker. "Anladın mı?"

Max onaylayarak başını salladı. İçinden "evet" demek geldi, ama askere onu vurması için bahane vermek istemiyordu.

"Güzel," dedi çirkin asker. "Şimdi, ikiniz de beni takip edin."

Max ve Natascha'yı bahçeden geçirerek dar bir kapıya götürdü. Taş basamaklardan çıkıp upuzun bir koridorda, bir dizi kapalı kapının önünden geçtiler. Sonunda açık bir kapıya ulaştılar. Kapının yanında bir adam bekliyordu. Kemerinden kırk anahtarlık bir salkım sarkıyordu. Çirkin askere bakıp kafasını salladı ve çocukları içeri itip arkalarından kapıyı çarptı.

Max ve Natascha odaya baktılar. Rudolph Gardens'daki odalarıyla aynı büyüklükteydi. Ama bu odada halı, kitaplar, duvarlarda resimler veya odalarını sıcacık yapan hiçbir şey yoktu. Onların yerine bu hücrede iki demir karyola, iki metal kova, gri zemin, gri duvarlar vardı ve bundan başka pek bir şey de yoktu. Bir pencere bile yoktu. Tek ışık, odanın tavanından sarkan çıplak bir ampulden geliyordu.

Natascha kovaları gösterdi. "Bunlar ne için?"

Max kardeşine baktı. "Ee. Şey. Bunlar…"

Başka bir kelime daha edemeden, Natascha kendisi anlamıştı. Sırıttı. "En azından bu yerin iyi bir yanı var."

"Öyle mi? Neymiş o?"

"İkimizin de ayrı tuvaleti var."

Söylediği şey pek komik değildi, ama Max kendini gülmekten alıkoyamadı. Kahkahası bulaşıcıydı. Sanki ikisi de günlerdir ilk kez gülüyorlardı. Bu onlara çok iyi gelmişti.

İkisi de dünyanın en komik fıkrasını duymuş gibiydiler. Karınlarını tutarak gülüyorlardı. Yüzleri kızarmıştı ve yanaklarından yaşlar süzülüyordu.

Koridorun diğer ucunda üç tane hapishane gardiyanı poker oynuyordu. Hücrelerden birinden gelen kahkahaları duydular. Gardiyanlar şaşırmıştı. İçlerinden biri, "Şu çocuklar. Raffifilerin çocukları. Duymuşsunuzdur? Londra'da yakalananlar."

"Belki de çıldırmaya başlamışlardır," dedi gardiyanlardan biri.

Üçüncü gardiyan, "Onların yerinde olsaydım ben çıldırırdım," dedi.

Üç gardiyan bir dakikalığına sessizce oturup ve Raffifilerin çocukları olsalardı ne yapacaklarını düşündüler; evlerinden alınmış, anne babalarından koparılmış, bir hapishane hücresine tıkılmışlardı. Sonra, gardiyanlardan biri, "Kim dağıtıyor?" dedi.

"Ben," dedi diğeri ve kartları dağıtmaya başladı.

Max ve Natascha, hapishane yaşamının basit bir rutini olduğunu fark ettiler. Sabah saat altıda bir gardiyan ekmek ve sudan oluşan kahvaltılarını getiriyordu. Öğlen, başka bir gardiyan öğlen yemeği için ekmek, su ve tatsız bir çorba getiriyordu. Akşam saat altıda akşam yemeği geliyordu: Su, ekmek ve lastik gibi sarı bir kalıp peynir. Öğleden sonra çocuklar gardiyan eşliğinde bahçeye çıkarılıyor ve bir saat temiz hava alıyorlardı. Akşam, ızgaralardan aşağı kovalarını boşalttıkları merkezi tuvaletlere götürülüyorlardı. Hepsi buydu. Yapacak başka bir şey yoktu. Kitap yok, müzik yok, televizyon yok, hiçbir şey yok. Raffifi ailesinin çocukları iradeli ve akıllıydılar, ama hemen sıkılmaya başladılar ve depresyona girdiler.

Bir gece, rutinleri bozuldu: Bir ziyaretçileri gelmişti.

Akşam yemeği gelmiş ve yenmişti. İki çocuk, yataklarında yatıyorlardı. Söylenecek sözleri bitmişti, ama korkunç sessizlikten kurtulabilmek için konuşmaya devam ettiler. Sessizliği yok etmenin en iyi yollarından birinin oyun oynamak olduğunu keşfetmişlerdi. Casusluk oyunu oynamayı düşündüler, ama küçücük gri hapishane hücresinde görecek pek bir şey yoktu. Duvar, yatak ve kovadan sonra casusluk oyunu bitmişti. O yüzden Yirmi Soru oyununa başladılar.

Max, "Erkek misin?" dedi.

"Evet."

"Gerçek misin?"

"Evet."

"Hâlâ hayatta mısın?"

"Evet. Üç soru oldu."

Max bir an düşündü. "Hayvanlarla mı çalışıyorsun?"

"Evet." Natascha kıkırdadı. "İyi tahmindi. Nereden bildin?"

"Çünkü seni tanıyorum. Tamam, bir düşüneyim. Sen-"

Ama Max'in bir sonraki soruyu sorma şansı olmamıştı, çünkü kapı açıldı ve odaya iki uzun boylu asker girdi. "Ayağa!" diye atıldı ilk asker. "Ayağa!"

Çocukların ikisi de hareket etmedi. Ne yapmaları gerektiğinin söylenmesinden hoşlanmıyorlardı. Max askerlere baktı ve "Neden kalkacakmışız?" dedi.

"Eğer kalkmazsanız sizi döverim," dedi askerlerden biri elini yumruk yaparak.

Dövülmek istemeyen Max ve Natascha ayağa kalktılar.

İki asker daha odaya girdi ve kapının yanında yerlerini aldı. Her biri Stanislavya Ordusunun seçkin birlikleri olan Muhafız Birliği üniforması giyiyordu: Siyah botlar, yeşil pantolonlar, yeşil bir ceket ve siyah bir bere. Ellerinde Kalaşnikof vardı.

Odaya bir adam girdi ve dört asker de ayaklarını birbirine vurup sırtlarını dikleştirerek selam durdu. Adam onları görmezden geldi. Çocuklara baktı. "Demek Raffifilerin çocukları sizsiniz. Öyle mi?"

Çocukların ikisi de yanıt vermedi.

Adam umursamıyormuş gibi devam etti. Sırayla ikisini de gösterdi. "Sen Max olmalısın, sen de Natascha. Sizinle tanışmak ne hoş. Umarım yeni evinizde rahat etmişsinizdir."

Tabii ki dalga geçiyordu. Çocukların rahat olamayacağını biliyordu, çünkü hücre ufacıktı, karanlıktı ve leş gibi kokuyordu. Ama o dalga geçmeyi seven tiplerdendi, özellikle de karşılık veremeyecek küçük çocuklarla konuşurken.

Bu zalim ve korkunç adam kimdi? Bu, kötülüğüyle ün salmış Albay Zinfandel'di.

Albay Zinfandel, kısa boylu, kalın ve kaslı bir adamdı. Siyah saçları, düz bir burnu ve sivri elmacık kemikleri vardı. Sinekkaydı tıraş olmuştu ve yakışıklıydı. Birçok kadın ve birçok erkek onu çekici buluyordu. Başarısının sırrı biraz da buydu. Güç kazanmak için iyi görünüşünü kullanıyordu.

Stanislavya'nın dağlarından birinde bir köyde doğmuştu. Babası yirmi tane keçisi olan bir çobandı ve annesi de keçi sütünden peynir yapardı. Şimdi, elli beş yıl sonra, anne babası artık ölmüştü, ama Albay Zinfandel Stanislavya'nın Başkanı olmuştu.

Albay Zinfandel yalnızca özel günlerde askeri üniforma giyerdi. Normalde pahalı siyah bir takım elbise, beyaz ipek bir gömlek, mavi ipek bir kravat ve parlak siyah deri ayakkabılar giyerdi. Her gün hizmetçilerinden biri ayakkabılarını bir saat boyunca, onlara bakınca kendinizi görebileceğiniz hale gelene kadar parlatırdı.

Max ve Natascha, Albay Zinfandel'e baktı. Çok korkmuşlardı, ama korkularını göstermeme konusunda kararlıydılar. Eğer düşmanına korktuğunu gösterirsen, onu daha da güçlü yaparsın. Çocukların ikisi de yüzlerinde rahat bir ifade yaratmak için çok çaba sarfetti. Natascha çok zorlandı. Hislerini saklamak konusunda Max daha iyiydi. O daha büyüktü, o yüzden de daha çok alıştırma yapma şansı olmuştu.

Albay Zinfandel tepsiyi gösterdi. "Yemekler nasıl? Beğendiniz mi?"

İkisi de yanıt vermedi.

Albay Zinfandel kıkırdadı. "İngiliz saçmalıklarından sonra gerçek Stanislavya yemekleri yemek güzel olmalı."

Max boğazını temizledi, çünkü sesinin çatallı ya da çocuksu çıkmasını istemiyordu. Sonra, "Buraya geldiğimizden beri sulu çorba, tatsız türlü ve bayat ekmekten başka bir şey yemedik. Bu gerçek Stanislavya yemeği değildir."

Albay Zinfandel Max'e baktı. İnsanların ona karşılık vermesine alışık değildi. "Öyle mi? Siz ne tercih ederdiniz?"

"Gerçek Stanislavya yemekleri dana gulaş, dolma ve çörektir. Burada verdiğiniz pislikler değil."

Askerler Max'in söylediklerinden oldukça etkilendiler. Albay Zinfandel'le böyle konuşmaya kimse cesaret edemezdi. Ama hiçbiri gerçek hislerini göstermedi. Hiçbiri, gelecek yirmi yıl boyunca tuz madenlerinde çalışmak istemiyordu.

"Bir şey daha var," dedi Max. "İngiliz yemekleri söylendiği kadar kötü değil. Belli ki İngiltere'ye gitmemişsiniz, değil mi?"

"Sen cesur bir çocuksun," dedi Albay Zinfandel. Max'in sorusuna yanıt vermemişti. "Benimle bu şekilde konuşmaya pek çok insan cesaret edemez. Birçok insan biraz daha saygılı davranır."

Max omuzlarını salladı. "Senin gibi birine neden saygı göstereyim ki?"

"Sana nedenlerden birini söyleyeyim," dedi Albay Zinfandel. "Parmağımı bir kez şaklattığımda, askerlerden biri silahıyla seni öldürebilir."

"Böyle bir şey yapmaya cesaret edemezsin," dedi Max.

Albay Zinfandel gülümsedi. "Sabrımı deneme, çocuk. Hoş olmayan bir sürprizle karşılaşabilirsin."

"Hiç sanmıyorum," dedi Max. "Burada olmaktan ve seni görmekten daha kötü ne olabilir ki?"

Albay Zinfandel yanıt vermedi. Bu, zalim adamın ağzının açık kaldığı ender anlardan biriydi. Ama yüzü kıpkırmızı kesilmişti. Gözleri karardı. Dişlerini temizledi.

Herkes biliyordu ki, Albay Zinfandel sinirlendiğinde tehlikeli olurdu. Sağduyusu olan herkes, mümkünse ya özür diler ya da saklanırdı. Ama Max değil. O daha da dik durup daha yüksek sesle konuştu. "Bizi buradan çıkarmalısınız. Bizi burada tutmaya hakkınız yok."

Albay Zinfandel'in yüzü daha da koyu bir kırmızıya büründü. Onunla böyle konuşmaya kimse cesaret edemezdi!

Hiç kimse! Ama askerlerinin bu küçük çocuğun onu kızdırdığını bilmesini istemedi. O yüzden güldü. Kahkahası biraz buruk ve tuhaf çıkmıştı. Gülmeyi kesip tısladı: "Küçük çocuk, sen ve kardeşin bu hapishanedeki cezanızın ne kadar olduğunu bilmek istiyor musunuz?"

"Evet, lütfen," dedi Max. "Bunu çok isterim."

"Hayatınızın sonuna kadar," diye fısıldadı Albay Zinfandel. Bu sözlerle birlikte arkasını dönüp hücreden dışarı çıktı. Askerler de onu takip etti. Son çıkan asker kapıyı sertçe kapattı ve kilitledi. Dönen anahtarın sesi uzun bir süre yankılandı.

Natascha Raffifi kafasını kaldırdı ve ağabeyine baktı. Sesi kısık ve titrekti. "Gerçekten hayatımızın sonuna kadar burada mı kalacağız?"

"Elbette hayır," dedi Max. "Aptal olma, Natascha."

"Nereden biliyorsun?"

"Çünkü biliyorum. Birkaç gün içinde buradan çıkacağız. Burada bir haftadan fazla kalmamız mümkün değil."

Ama Max söylediklerine kendi de inanmıyordu. Aslında, ölecekleri güne kadar burada kalacaklarına inanıyordu. Natascha da böyle düşünüyordu. Yataklarına uzandılar. Gerçek duygularını birbirlerinden saklamaya çalışsalar da, ikisi de derin bir umutsuzluk içindeydi.

Natascha'nın yanaklarından bir damla yaş süzüldü, Max fark etmeden yüzünü sildi ve başını duvardan yana döndü.

14. Bölüm

Yeryüzünden doksan bin metre yukarıda, Tim ve Grk somon fümeli sandviçlerini yiyorlardı.

Sandviçleri Çin porselenlerinde sunulmuştu. Tim ve Grk yemeklerini yerken hostes içeceklerini tazeledi: Tim için bir bardak portakal suyu, Grk için bir kâsede maden suyu. Hostes aynı zamanda kalın peçeteler ve biraz da yer fıstığı getirdi. Tim bundan böyle artık First Class'tan başka bir yerde uçamayacağına karar vermişti.

Uçuş yaklaşık üç saat sürdü. Film göstermediler, ama hostes bir önceki uçuştan bir yolcunun bıraktığı bir kitabı getirdi. Tim ilk birkaç sayfayı okudu. Sonra, uçuş dergisinin resimlerine göz attı. Çoğunlukla pencereden dışarı baktı ve uçağın altındaki bulutları izledi. Bulutlar, Tim'in oturduğu yerden dağlara ve vadilere benziyordu. Bilmesen, o ülkedeki tüm evlerin, tarlaların ve ağaçların karla kaplı olduğunu düşünürdün.

Uçak Vilnetto'ya indiğinde, ilk dışarı çıkanlar Tim ve Grk oldu. Eğer bir VIP iseniz böyle olur. Hostesler veda etmek için kuyruğa girmişti. Hatta pilot bile Tim ile Grk'a veda etmek için kokpitten çıkmıştı.

Tim ve Grk uçaktan, göz kamaştıran güneşe çıktılar. Hava ılıktı. Merdivenler daralarak bir asfalta iniyordu ve tam da orada iki adam bekliyordu. Bir tanesi parlak gümüş düğmeli yeşil bir üniforma giymişti. Diğeri parlak gümüş düğmeli mavi bir üniforma giymişti.

Tim ve Grk merdivenden inerlerken, iki adam onları selamladı. "Günaydın," dedi yeşil üniformalı adam, "Stanislavya'ya hoş geldiniz."

"Teşekkürler," dedi Tim.

"Hizmetinizdeyiz," dedi mavi üniformalı adam. Elini uzattı. Tim onunla el sıkıştı. Tim sonra ilk adamla el sıkıştı. Sonra iki adam birbirleriyle el sıkıştılar. El sıkışmalar bittiğinde, mavi üniformalı adam Tim'e bakıp onaylar gibi başını salladı. "Bu taraftan lütfen."

İki adam havaalanına doğru yürümeye başladılar. Tim de arkalarından aceleyle takip ediyordu. Neler olduğunu anlayamıyordu, ama en iyisinin tartışmamak olduğunu düşünüyordu.

İki adam da Tim'e ve Grk'a, ayrıca Grk'ın tasmasına bağlanmış olan ipe bir bakış attı. Etkilenmişlerdi. Onların işi VIP müşterilerine havaalanında eşlik etmekti ve şunu çok iyi biliyorlardı ki, yalnızca çok zengin ve çok önemli insanlar köpeklerinin tasmasına ip takarlardı. Daha Az Önemli İnsanlar gümüş tokalı pahalı deriler kullanırdı. Sadece Çok Önemli İnsanların gösterişe ve ne kadar önemli olduklarını kanıtlamaya ihtiyaçları olmazdı, çünkü zaten herkes onların ne kadar önemli olduğunu bilirdi.

Dördü birden Pasaport ve Gümrük bölümüne ulaştılar. Polislerden biri Tim'in pasaportuna bir göz attı, sonra da onları yolladı. Havaalanındaki herkes bir VIP geleceği konusunda çoktan uyarılmıştı. Aceleyle gümrükten geçtiler ve siyah bir Mercedes'in beklediği otoparka girdiler. Siyah üniforma giymiş ve siperli kep takmış bir adam, kapılardan birini açık tutuyordu. Bu şofördü. "Günaydın," dedi. "Stanislavya'ya hoş geldiniz."

"Teşekkürler," dedi Tim.

"Ben bugün için şoförünüz olacağım." Şoför gülümsedi. "Güzel ülkemizi beğendiniz mi?"

"Fena değil," dedi Tim.

"Fena değil mi?"

"Evet."

"Güzel değil mi yani? Harika değil mi?"

"Daha yeni geldim," dedi Tim. "O yüzden tam olarak bilemiyorum. Ama fena görünmüyor."

Üç adam da hayal kırıklığı yaşamışa benziyordu. Tim'in hayatında daha güzel bir ülke görmediğini söylemesini istiyorlardı. Ama tartışacak kadar kaba değillerdi, o yüzden de önce Tim'le, sonra birbirleriyle, sonra tekrar Tim'le tokalaştılar. Tokalaşmaları bitince mavi üniformalı adam, "Gideceğiniz yer neresiydi acaba? Şoför sizi derhal oraya götürecek," dedi.

"Birini arıyorum," dedi Tim.

"A öyle mi? Peki kimi arıyorsunuz?"

"Adı Natascha."

"Natascha mı? Çok güzel bir isim!"

Yeşil üniformalı adam da başını salladı. "Güzel bir Stanislav adı!"

Siyah üniformalı adam, "Nerede yaşıyor bu Natascha?" dedi.

"Bilmiyorum."

"Onu buluruz," dedi yeşil üniformalı adam. "Soyadı ne? Natascha ne?"

"Bilmiyorum," dedi Tim.

"Bilmiyor musunuz?"

"Hayır." Tim kafasını salladı. "Sadece adının Natascha olduğunu biliyorum."

"Biraz zor," dedi mavi üniformalı adam. "Ülkemizde pek çok kadın var."

Yeşil üniformalı adam arkadaşına hak verdi. "Ve birçoğunun adı Natascha."

Siyah üniformalı adam, "Nasıl biri bu Natascha? Güzeldir tabii ki, çünkü o bir Stanislav kadını ve tüm Stanislav kadınları güzeldir. Ama tarif eder misiniz? Kumral mı? Esmer mi? Nasıl?"

"Bilmiyorum," dedi Tim. "Onunla hiç tanışmadım."

Üç adam birbirine baktı. Şimdi kafaları iyice karışmıştı. Ve sadece kafaları karışmamıştı. Biraz da endişelenmişlerdi. İlk konuşan, yeşil üniformalı adam oldu. "Bu kadınla ilgili herhangi bir şey biliyor musunuz? Bu Natascha ile ilgili?"

"Evet," dedi Tim. "O, bu köpeğin sahibi." Grk'ı gösterdi.

İki adam, sanki onlara yardımı dokunabilirmiş gibi Grk'a baktı. Grk kuyruğunu salladı.

"Bu pek işe yaramaz," dedi mavi üniformalı adam.

"Ama güzel köpek," dedi yeşil üniformalı adam.

"Çok güzel köpek," dedi siyah üniformalı adam.

"Adı ne? Ama belki bunu da bilmiyorsunuzdur."

"Adı Grk," dedi Tim.

Üç adam da kafa salladı. Grk'ın, bir köpek için mükemmel bir isim olduğunu söylediler. Her biri sırayla eğilip Grk'ın boynunu sevdi. Sonra ayağa kalkıp Tim'e baktılar. Yeşil üniformalı adam, "Bu Natascha ya da Grk'la ilgili başka bir şey biliyor musunuz?"

"Aslında biliyorum," dedi Tim. "Bir şey daha biliyorum."

Üç adam da öne doğru eğildi.

"Natascha Londra'da yaşıyordu."

Üç adam da kafa salladı.

Tim devam etti. "Babası büyükelçiydi. Ülkenizin Britanya Büyükelçisi."

Bir saniye için tam bir sessizlik olmuştu. Sonra üç adam da konuşmaya başladı.

Yeşil üniformalı adam, "Büyükelçi!" dedi.

Mavi üniformalı adam, "Natascha Raffifi!" dedi.

Siyah üniformalı adam, "Raffifi! Raffifi! Raffifi!" dedi.

Tim onlara baktı. Neler olduğuyla ilgili hiçbir fikri yoktu. Üç adam, kendi dillerinde heyecanla bir şeyler konuşmaya başladılar. Tim dediklerini anlayamıyordu, çünkü tek kelime Stanislavca bilmiyordu. (Aslında bu doğru değildi. Bir kelime biliyordu. "Grk" diyebiliyordu. Ama "Grk"ın Stanislavca bir kelime olduğunu bilmiyordu, o yüzden de bu sayılmaz.)

Birkaç dakika sonra Tim ve Grk'dan Mercedes'e binmesini istediler. Kapıyı kapattılar. Sonra şoför öne oturdu ve diğer iki adam geri havaalanına koşup, çılgınlar gibi sayısız telefon görüşmesi yaptı.

15. Bölüm

Yaklaşık yirmi dakika sonra iki adam döndü. Fısıldaşmalarıyla birlikte şoförün yüzü bembeyaz oldu.

İki adam arka kapıyı açtı ve Tim'e baktı. Bu kez onunla tokalaşmadılar.

Yeşil üniformalı adam, "Natascha Raffifi'nin yerini bulduk," dedi.

Mavi üniformalı adam kafasını salladı ama konuşmadı.

Tim biraz gergindi. Bu iki adam garip davranıyordu. "Nerede?" dedi.

Yeşil üniformalı adam, "Umarım Stanislavya'da iyi vakit geçirirsiniz," dedi.

"Güle güle," dedi mavi üniformalı adam.

Tim, tam sorusuna neden yanıt vermediklerini soracaktı ki, adamlardan biri kapıyı kapattı ve Tim'i içeri kilitledi.

Şoför arabayı çalıştırdı ve Mercedes yola koyuldu.

16. Bölüm

Sessizce yola devam ettiler. Önde, şoför yola konsantre olmuştu. Arkada, Tim pencereden dışarı bakıyor, Grk da yanında uzanmış kestiriyordu. Grk ara sıra esniyordu. Midesi hâlâ somon füme sandviçi sindiriyordu, o yüzden boşuna harcayacak enerjisi yoktu. Grk için sindirim ciddi bir işti.

Otoyolda gidiyorlardı. Bir şey çok garip gelmişti. Birkaç dakika sonra Tim bunun ne olduğunu anladı: Yolun yanlış tarafında gidiyorlardı. Paniğe gerek yoktu, çünkü herkes aynını yapıyordu.

Otoyol ilginç arabalarla doluydu. Tim, pencereden dışarı bakıp geçen arabaları seyretti. Yalnızca birkaç kez annesi ve babasıyla tatil için yurtdışına çıkmıştı, o yüzden farklı bir ülkede olmak onu çok heyecanlandırıyordu. Ülkesinden farklı olan birçok şey fark etti: Plakalar, yol işaretleri, hatta sürücüler bile farklıydı ve hiç durmadan kornaya basıyorlardı.

Uzaklarda gri beton bir bina gördü. Yaklaştıkça, binada çok az pencere olduğunu ve yüksek duvarlarla çevrili olduğunu fark etti. Duvarların tepesinden tel örgüler geçiyordu. Ön kapının dışında silahlı korumalar geziyordu. Binanın yanından geçip gittiklerinde Tim'in içi rahatlamıştı. Bir an için oraya götürüldüğünü sanmıştı. Öne eğildi ve şoföre, "Afedersiniz. Bu bina nedir?" diye sordu.

"O mu? Devlet hapishanesi. Anladın mı? Hapishane."

"Evet, evet," dedi Tim. "Anladım."

Uzun bir sessizlik oldu. Şoför düşünüyor gibiydi. Sonunda, "O burada," dedi. "Arkadaşın."

"Kim? Natascha mı?"

"Evet. Ağabeyi de."

Tim son derece şaşırmıştı. Onun yaşında küçük bir kızın neden hapse atılabileceğini anlayamamıştı. "Neden? Ne yapmışlar?"

"Kötü şeyler."

"Ama ne?"

"Soru sormasanız daha iyi olur."

"Bilmek istiyorum," dedi Tim. "Lütfen anlatın. Ne yapmışlar?"

"Mümkün değil. Daha fazla soru sormayın."

"Bunu söylerseniz, başka soru sormayacağım," diye yalvardı Tim. "Neden hapisteler?"

Şoför cevap vermektense, bir düğmeye bastı. Arabanın ortasından cam bir panel çıktı ve Tim'in oturduğu bölümle ön kısmı ayırdı. Artık şoför Tim'in ne dediğini duyamıyordu bile.

Tim kendini hakarete uğramış hissetti. Şoför çok kabaydı. Yerine yerleşti, sonra arkasına dönüp hapishaneye baktı. Uzakta gözden kaybolmaya başlamıştı. Natascha'nın böyle gri, yüksek duvarlarla çevrili bir yere konmayı hak etmek için ne yapmış olabileceğini düşündü.

Tim'in, şoförün kabalığından neden alındığını anlayabilirsin. Ama alınmamalıydı. O zaman Stanislavya'da yaşamanın ne kadar zor olduğunu bilmiyordu. Albay Zinfandel ülkeyi ele geçirdiği için soru sorulamayacağını bilmiyordu. Kimin dinlediğini bilemezdiniz. Kimin casus olduğunu bilemezdiniz. Söylediğiniz her şeyi Gizli Servis'e kimin ileteceğini bilemezdiniz. Albay Zinfandel'in adamlarının ne zaman sokak kapınızı kırıp bileklerinize kelepçe vuracağını ve sizi hapse tıkacağını bilemezdiniz.

Albay Zinfandel kendisini başkan ilan ettiğinden beri, Stanislavya mutlu bir ülke değildi.

17. Bölüm

Tim ve Grk büyük siyah bir Mercedes'le Vilnetto'nun merkezine doğru giderlerken, Britanya ve Stanislavya'da olaylar hız kazanmaktaydı. Telefon hatları vızır vızır çalışıyordu. Bir Britanya büyükelçisi kahvaltısındayken çağrılmıştı; bu durumdan hiç memnun olmamıştı, çünkü kahvaltıda pastırma, omlet ve demli bir fincan çay vardı. Bir polis şefi, kahve ve bademli çörek molasındayken çağrılmıştı. Bütün bunlar Bay Malt klavyesinde bir not bulduğu için gerçekleşmişti.

Anneciğim ve Babacığım,
Grk'ı sahiplerine götürebilmek için Stanislavya'ya gidiyorum. Onları bulunca geri döneceğim. Parayı aldığım için özür dilerim, ama ihtiyacım var. Lütfen 183 hafta boyunca harçlığımdan kesin.
Sevgiler
Tim

Bay Malt bu notu bulduğunda, onu birkaç kez okudu, güldü ve Tim'in şaka yaptığını düşündü. Saatine baktı, tarihe göz attı. Hayır, 1 Nisan değildi ve Tim'in böyle şakalar yapma huyu da yoktu. Bay Malt kafasını kaşıdı ve notu üçüncü kez okudu. Sonra onu alt kata götürdü ve karısına, "Bunun hakkında ne düşünüyorsun?" dedi.

"Şimdi beni rahatsız etme," dedi Bayan Malt. "Düşünmeye çalışıyorum."

"Belki de bunu okumalısın."

"Buna vaktim yok."

"Önemli olabilir."

Bayan Malt kafasını salladı. "Eminim senin için öyledir, hayatım, ama ben Tim'i merak ediyorum. Bir kalbin olsaydı sen de merak ederdin."

"Merak ediyorum zaten," dedi Bay Malt. "O yüzden bunu okuman gerektiğini düşünüyorum."

Bayan Malt notu aldı ve kâğıtta yazan sözcüklere baktı. Notu tekrar okudu. Yüzü bembeyaz oldu. Sendeledi ve masaya oturdu. Sonra sözcükleri üçüncü kez okudu. Sesi fısıltı haline gelmişti: "Sence... Sence bu doğru mu?"

"Sanırım öyle," dedi Bay Malt. "Stanis... Stanism... Stanistik... Biliyorsun işte, oraya gitmiş."

Bayan Malt nota baktı ve sözcüğü sesli okudu. "Stanislavya."

"Evet," diye yanıtladı Bay Malt. "İşte orası. Oraya gitmiş."

"Onu nasıl durdurabiliriz?"

Birbirlerine baktılar. Bay Malt, tek bir kelime daha etmeden telefona koştu ve 999'u çevirdi. Santral memuru cevap verdiğinde, Bay Malt hemen polise bağlanmak istediğini söyledi.

Bay Malt, onunla dalga geçtiğini düşünen bir polis memuruyla konuştu. Ancak yine de polis tüm detayları aldı ve birkaç soruşturma yapıp onu tekrar arayacağını söyledi.

Polis beş dakika sonra geri aradı. Bu kez sesi oldukça farklı geliyordu. Şimdi Bay Malt'ın dalga geçmediğini biliyordu. Polis, Heathrow Havaalanı'nda çalışan birkaç kişiyle görüşmüştü. Bilgisayarlarına bakıp, Timothy Malt adında bir çocuğun köpeğiyle birlikte Londra'dan Stanislavya'ya giden bir uçağa bindiğini doğrulamışlardı. Tim'i durdurmak için çok geçti, çünkü uçak çoktan kalkmıştı.

Birkaç gün öncesine kadar Bay Malt Stanislavya'nın adını bile duymamıştı. Şimdi biricik çocuğu oraya gitmişti. Neler oluyordu böyle? Sakin bir sesle konuşmaya çalışarak polise basit bir soru sordu: "Oğlumu nasıl bulacaksınız?"

"Merak etmeyin, efendim," dedi polis. "Her şey yoluna girecek."

"Merak etmeyeyim mi? Merak etmeyeyim, öyle mi? Oğlum ortadan kayboldu ve adını bile söyleyemediğim bir ülkeye gitti!"

"Endişelerinizi anlıyorum," dedi polis. "Ama yerini tespit edebilmek için elimizdeki tüm olanakları kullanıyoruz."

Gerçekten kullanıyorlardı. Başkent polisi derhal Tim'i bulabilecek önemli kişilerle temas kurmuştu: İnterpol, Dışişleri Bakanlığı, Londra'daki Stanislavya Büyükelçiliği ve Vilnetto'daki Britanya Büyükelçiliği. Telefonlar, e-postalar ve fakslar Avrupa topraklarında oradan oraya zıplıyor ve devamlı birileri kahvaltıdan kaldırılıyordu. Kahveler soğuyor, çörekler yarım kalıyordu.

"Bana sadece şunu söyleyin," dedi Bay Malt. "Nerede olduğunu biliyor musunuz?"

Polis, "Bunun sizin için ne kadar zor olduğunu anlayabiliyorum, efendim; ama sizden sabırlı olmanızı rica ediyorum."

"Sabırlı mı?" diye bağırdı Bay Malt. "Sabırlı mı? Oğlumu ne zaman bulacaksınız?"

"Mümkün olduğunca çabuk."

Bay Malt bağırmaya devam etmek istedi, ama bunun bir faydası olmayacağını fark etmişti. O yüzden telefonu kapattı. Mutfak masasında karısının karşısına oturdu. Birbirlerine baktılar.

Bir iki dakika sonra Bayan Malt, "Terence?" dedi.

"Efendim?"

"Sence bizim yüzümüzden mi oldu?"

"Hayır," dedi Bay Malt. "Tabii ki bizim yüzümüzden değil."

Ama pek inanarak söylemişe benzemiyordu.

Yüzlerce kilometre ötede, siyah bir takım elbisenin cebinde bir telefon çaldı. Bu takım elbise Major Raki'nindi. Elini cebine soktu, telefonu çıkardı ve kulağına götürdü. Birkaç dakika dinledi, sonra kapattı. Telefonu cebine geri koydu ve patronunu bulmaya gitti.

Albay Zinfandel o sabah, çoğu sabah olduğu gibi boks yapıyordu. Gittiği her yere boks eldivenlerini, boks şortunu, boks ayakkabılarını ve ordunun yetenekli boksörlerinden birkaçını da götürürdü. Askerler Albay Zinfandel'den yirmi yaş küçüktüler, ama Zinfandel onlara denkti. Genç olmaları ona güç ve zindelik veriyordu, ama Albay Zinfandel çok daha kurnazdı. Çoğu sabah, o kazanırdı.

Maçta yalnızca bir kural vardı: Askerlerin Albay Zinfandel'in yüzüne vurmaları yasaktı. Albay Zinfandel uzun ve ince burnuyla aşırı derecede gurur duyardı ve bir askerin yumruğu onu kıracak olsa çok kızardı.

Albay Zinfandel'in marangozları, İmparatorluk Sarayı'nın bir odasına bir boks ringi yapmışlardı. Kenarlarında halatlar ve yerlerde, düşen ya da nakavt edilenleri korumak için minderler vardı. Albay Zinfandel ve genç bir asker her sabah bu ringde zıplar, birbirlerine yumruklar sallarlardı.

Genelde oyun birisi nakavt oluncaya kadar devam ederdi. Ama bugün, Major Raki'nin ringin kenarında durup önemli bir şey söyleyeceğini belirten bir el sallamasıyla maç yarıda kesilmişti.

Ringin içinde iki adamın da kolları yanlarına düştü. Her ikisi de ter içindeydi ve nefes nefese kalmışlardı. Boks maçı kesildiğinde Albay Zinfandel her zaman çok sinirlenirdi. Major Raki'ye bakıp dişlerinin arasından, "Umarım bu maçı durdurmak için çok iyi bir sebebin vardır," dedi.

Major Raki hemen telefonda anlatılanları aktardı.

Major Raki söyleyeceklerini bitirdiğinde, Albay Zinfandel boks eldivenlerini birbirine bastırmıştı. Eldiven giymemiş olsaydı ellerini aşındırırdı. "Bu çocukla tanışmak isterim. Adı ne?"

"Timothy Malt."

"Evet, şu Timothy Malt. Getirin onu bana."

"Şimdi mi?"

"Evet," dedi Albay Zinfandel. "Şimdi."

"Hemen efendim," deyip uzaklaştı Major Raki.

Albay Zinfandel yumruklarını kaldırıp boks yaptığı genç adama döndü. "Nerede kalmıştık?"

Daha asker yanıt veremeden, Albay Zinfandel yumruğunu sallayıp askerin yüzüne vurdu. Asker ringin karşı tarafına fırladı ve inleyerek yere yuvarlandı. Burnundan kanlar akıyordu. Albay Zinfandel sırıttı. Bugün güzel bir gün olacaktı. Bunu ta içinde hissediyordu.

18. Bölüm

Vilnetto küçük bir şehirdir. Kuzeyde, Stanislavya'yı komşularından koruyan yüksek dağları görebilirsin. Güneyde, kilometrelerce uzanan verimli ovaları görebilirsin. Yazın şehir o kadar sıcak olur ki, zar zor nefes alabilirsin; kışın çatılar ve kaldırımlar karla kaplanır. Burası pek çok yönden yaşanması zor bir yerdir ve bu zorluklar ülkedeki politik durumla birlikte daha da kötüleşmişti. Ancak geçen elli yıl içinde Stanislavya demokrasiyi benimsemiş ve ülke daha da mutlu olmuştu. Halk daha zengin ve daha rahattı. Pencerelerinde cam, çatında kiremit ve midende yemek varsa hava o kadar da önemli olmuyor.

Güzel ve eski sokaklar, şehrin merkezine doğru süzülür. Evler yüksek, dar ve birbiriyle orantılıdır. Çeşmeler gece gündüz çağlar. Parke taşlı sokaklar, kamyonlar içerilere girmesin diye daracık yapılmıştır. Araba kullanmak bile zordur ve yavaş gitmen gerekir. Çoğu insan gideceği yere bisikletle veya yürüyerek gider. O yüzden burası sakindir ve havası pis kokulu egzoz dumanıyla kirlenmemiştir.

Stanislavya Kraliyet Ailesi, sarayını şehrin doğu yakasında nehir kıyısına inşa etmişti. İlk temeller 1541 yılında atılmıştı. Takip eden asırlar içinde İmparatorluk Sarayı daha da büyümüş ve gösterişli bir hale gelmişti. Stanislavya'nın kral ve kraliçeleri kendilerine balo salonları, yatak odaları ve ahırlardan oluşan devasa bir kompleks inşa ettirmişlerdi. Bu yüzden, Stanislavya halkının öfkeyle ayaklanıp monarşiyi devirmesine ve yerine demokratik olarak seçilmiş bir hükümeti koymalarına pek şaşırmadılar.

(Stanislavya Kral ve Kraliçesi halen New York'ta yaşamaktadır. Kral bilgisayar satıcısıdır, Kraliçe de köpek yetiştirir. Her ikisi de tek kelime Stanislavca konuşmamaktadır ve dünyayı gezmek gibi bir planları yoktur. Sadece en yakın dostlarından birkaçı onların kral ve kraliçe olduğunu bilir. Tüm diğer arkadaşları ve komşuları onları, şu komik küçük sosis köpekleri olmadan hiçbir yere gitmeyen Bay ve Bayan Kale olarak tanır.)

İmparatorluk Sarayı'nın girişi tören günleri için kullanılır. Altın yaldızlı kapıların ardında, şık üniformalarıyla birkaç asker durur. Eğer bir turistsen, yoldan geçen birine askerlerden biriyle fotoğrafınızı çekmesini rica edebilirsin.

Ancak Saray'ı iş için ziyaret ediyorsan, büyük olasılıkla arka taraftaki girişten girersin. Girişte tek bir siyah kapı vardır. On asker giren ve çıkan her aracı dikkatle izler.

Albay Zinfandel ülke halkının onu sevmediğini biliyordu. Seçilmiş olan başkanlarını geri istediklerini biliyordu. O yüzden sarayın etrafına yüzlerce asker koymuştu. Albay Zinfandel, işini şansa bırakmazdı.

Saray'ın arka giriş kapısında siyah bir Mercedes durdu. Şoför camını açtı ve kimlik kartını korumalara verdi.

Korumalardan biri bu kimlik kartını inceledi ve şoförün gerçekten fotoğraftaki kişi olup olmadığını kontrol etti. Başka bir koruma da arka camdan içeriyi kontrol edip, yolculara uzun uzun baktı. Koruma, bir erkek çocuğu ve bir köpek görmüştü. Her ikisi de zararsız görünüyordu.

Korumalar arabaya ilerlemesini söylediler. Şoför hızlandı. Mercedes siyah kapıdan geçti ve saraya doğru ilerledi.

Mercedes, yüksek duvarları, kalın demir parmaklıkları ve uygun adım yürüyen yirmi tane askeri geçti. Tim pencereden askeri yeşile boyanmış birçok tank, bir kamyon, iki jip ve bir de helikopter gördü. Sonra araba durdu. Şoför dışarı çıktı ve Tim'in kapısına doğru yürüdü. "Lütfen," dedi şoför. "Şimdi iniyorsunuz."

Tim arabadan indi ve hâlâ Grk'ın tasmasına bağlı olan ipi sıkıca tutarak asfaltta durdu. Tim, üç adamın onlara doğru yürüdüğünü fark etti. İkisi yeşil askeri kıyafetler giymişti. Diğer ikisinin önünden yürüyen üçüncüsünün üzerindeyse siyah takım elbise, beyaz gömlek, siyah kravat ve güneş gözlüğü vardı.

Tim, başka bir şey daha fark etti. Grk'ın sırtındaki tüyler diken diken olmuştu.

Tim köpekler hakkında pek bir şey bilmiyordu, o yüzden bunun ne demek olduğunu anlamadı. Köpeklerin sinirlendiklerinde sırtlarındaki tüylerin dikleştiğini bilmiyordu.

Üç adam Tim'in yanında durdu. Siyah güneş gözlüklü olan adam, "Günaydın, Timothy Malt sen misin?" dedi.

"Evet," dedi Tim.

"Çok güzel," dedi Major Raki; güneş gözlüğü takan adam tabii ki oydu. "Benimle geliyorsun."

"Nereye gidiyoruz?"

Major Raki yanıt vermedi. Topuklarının üzerinde döndü ve kendisini takip etmesi için Tim'i bekledi.

Eğer Tim daha cesur ya da daha aptal olsaydı, onlarla tartışırdı. Ama hem akıllıydı hem de korkmuştu. O yüzden de Major Raki'yi takip etti.

Grk cesur ve aptaldı. Ama bir parça iple Tim'in eline bağlıydı. O yüzden o da onları takip etmek zorunda kaldı.

Beş kişi avluda uygun adım yürümeye başladılar: Askerlerden biri önden gidiyordu, ardından sırayla Major Raki, Tim ve Grk geliyordu. En arkada da ikinci asker vardı. Hiç kimse konuşmuyordu.

Avluyu geçip alçak bir kapıdan girdiler ve bir köşeyi dönüp uzun bir koridorda yürümeye başladılar. Erkekler ve kadınlar bir kapıdan diğerine koşuşturuyorlardı. Major Raki'yi fark ettiklerinde hepsi birden tam olarak aynı şeyi yaptı: Her ne yapıyorlarsa bırakıp topuklarını birbirine vurdular ve selam verdiler. Major Raki de onlara selam verdi.

Tim'in kafasında birçok soru vardı. Örneğin, "Burada ne işim var?" ve "Bütün bu insanlar kim?" ve "Bu adam güneş gözlüklerini neden hiç çıkarmıyor?" gibi. Ancak, Tim o kadar acele içindeydi ve kafası o kadar karışıktı ki, bu soruların hiçbirini cevaplamaya çalışmadı. Sadece Major ile diğer iki askere yetişmeye çalıştı.

Grk, birkaç adımda bir Major Raki'ye bakıyor ve havayı kokluyordu. Evet, bu kokuyu tanıyordu. Kokunun sahibini bulmuştu. Bu, Rudolph Gardens, No:23'e gelerek Raffifi ailesini beyaz bir kamyonete binmeye zorlayan adamdı. Grk hırladı; ama o kadar sessiz hırlamıştı ki kimse onu duymadı.

Bir köpeğin ne düşündüğünü anlamak her zaman zordur, ama o anda Grk'ın ne düşündüğünü tahmin edebiliyorum. "Bu adamı şimdi ısıramam, ama bunu çok yakında yapacağım. İşte o zaman onu hiç unutamayacağı bir şekilde ısıracağım."

Koridorun sonunda çift kanatlı ahşap bir kapıya vardılar. Kapının iki yanında birer asker duruyordu. Askerler siyah bereler giymişti ve omuzlarından aşağı, deri kemerlerle astıkları Kalaşnikoflar sallanıyordu. Her iki asker de Major Raki'yi selamladı. İçlerinden biri, bir adım öne geldi. Bu asker ile Major Raki arasında hızlı bir konuşma geçti.

Tim bu konuşmanın tek kelimesini bile anlamamıştı, çünkü konuşma Stanislavca gerçekleşmişti. Onlar konuşurken, Tim de askerin omzunda çok havalı duran Kalaşnikof'a baktı. Dolu olup olmadığını düşündü ve dolu olması gerektiğine karar verdi. Sonra bu kapının ardında kim olduğunu düşündü. Makineli tüfek taşıyan askerlerle korunması gereken kimdi? Önemli biri. Ama kim? Ve neden onu görmek istiyordu? Neden Timothy Malt'la ilgileniyordu?

Asker, geriye doğru bir adım attı ve kapıyı açtı. Major Raki Tim'e gülümsedi. Major Raki'nin gülümsemesinde çirkin ve zalim bir şey vardı. Major Raki, "Lütfen, önden buyrun," dedi.

"Teşekkürler," dedi Tim. Gergindi. Yine de kapıdan geçti. Grk da yanında yürüyordu.

Tim, diğer tarafta bir başka uzun ve boş koridor daha bulunca şaşırmıştı. Koridorun sonunda başka bir kapının yanında iki asker daha duruyordu. Tim, Grk ve Major Raki'yi bekliyor olmalıydılar, çünkü kapıyı açıp onları içeri aldılar. Üçü birden kapıdan içeri girdiler; sonra başka bir kapıdan ve bir diğerinden. Siyah bereli, Kalaşnikof taşıyan altı askeri daha geçtiler. Sonra, diğerlerinden hiçbir farkı olmayan ahşap bir kapıdan daha geçtiler ve güneş ışığıyla dolu, antik mobilyalarla döşenmiş bir odaya girdiler.

Odanın uzak köşesinde bir adam duruyordu. Güneşin pozisyonundan dolayı Tim bir an için adamın yüzünü göremedi. Sadece gözlerini kamaştıran ışığı ve iri bir adamın silüetini görebiliyordu. Sonra adam onlara yaklaştı ve Tim ilk kez Albay Zinfandel'i gördü. Kısa boylu, yakışıklı, dümdüz bir burnu ve hoş bir gülümsemesi olan bir adam gördü. Adamın siyah saçları ve zayıf, tıraşlı bir yüzü vardı. Tim'e doğru aceleyle ilerledi ve "Ah! Sen Timothy Malt olmalısın, değil mi?" dedi.

"Evet," dedi Tim.

"Evet, tanıştığımıza memnun oldum Timothy Malt. Adım Albay Zinfandel."

"Merhaba," dedi Tim. "Memnun oldum. Ee, bana Tim diyebilirsiniz. Herkes öyle der."

"Teşekkür ederim Tim." Albay Zinfandel elini uzattı. "Stanislavya'ya hoş geldin."

Tokalaştılar. Albay Zinfandel Tim'in omzunu sıktı ve, "Bir şey içmek ister misin? Çay? Kahve? Portakal suyu?"

"Portakal suyu lütfen."

"Güzel seçim," dedi Albay Zinfandel. "Ben de aynısından alacağım." Major Raki'ye başıyla işaret etti ve o da hemen gidip kapıda duran askerlere fısıldadı. Askerlerden biri koşarak koridorda uzaklaştı.

Albay Zinfandel Tim'e kanepeyi gösterdi. "Oturalım. Daha bu sabah geldin değil mi?"

"Evet," dedi Tim.

"Güzel. Güzel. Söyle bakalım, güzel ülkemle ilgili ne düşünüyorsun?"

"Hoş görünüyor," dedi Tim. "Ama çok da fazla göremedim."

Onlar konuşurken, Grk da Tim'in ayaklarının dibinde oturuyordu. Grk, gözlerini bir an olsun Albay Zinfandel'den ayırmadı. Tim ve Albay Zinfandel havadan, Tim'in Stanislavya Havayolları'yla uçuşundan ve Londra ile Vilnetto arasındaki farklardan konuştular. Bir asker, iki büyük bardak taze sıkılmış portakal suyu getirdi ve içtiler.

Tim'in Albay Zinfandel'i çok sevdiğini üzülerek belirtmeliyim. Ancak, bu hatayı yaptığı için Tim'i çok suçlamamalısın. Sen de Albay Zinfandel'i ilk kez görüyor olsaydın, büyük olasılıkla sen de onu severdin. İlk görüşte, oldukça hoş biri olduğunu düşünürdün.

Grk, insanları yalnızca görüntüsüyle değerlendirmezdi. Onları koklardı da. Ve Albay Zindanfel kötü kokuyordu.

Birkaç dakikalık gevezelikten sonra, Albay Zinfandel, "Sana ciddi bir şey söylemem gerek Tim. Anlıyor musun?" dedi.

"Evet. Nedir o?"

Albay Zinfandel devam etmeden önce biraz sessiz kaldı. Yüzüne hüzünlü bir ifade yerleşmişti. "Ülkeme gelmen çok cesur ve güzel bir şeydi. Bu köpeği sahiplerine geri vermek istiyorsun, değil mi?"

"Evet," dedi Tim. "Adı Natascha."

"Natascha Raffifi."

"Evet. Natascha Raffifi."

Bu sözcükleri duyunca Grk'ın kulakları dimdik olmuştu. Odaya baktı. Ama sevgili sahibinden hiçbir iz yoktu. Kulakları yavaşça eski haline döndü.

"Bu haberi vermek biraz zor," dedi Albay Zinfandel. İç çekti. "Bak Tim, Raffifi ailesiyle ilgili pek bilgin yok, öyle değil mi?"

Tim onaylayarak kafasını salladı.

"Onlarla ilgili bir şey biliyor musun?"

"Hayır," dedi Tim. "Sadece bu köpeğin sahibi olduklarını biliyorum."

"Doğru. Onlar bu köpeğin sahibi. Ama sana onlarla ilgili bir şey daha anlatmalıyım. Onlar çok tehlikeli birer suçlu. Anlıyor musun?"

Tim şaşkınlık içindeydi. "Gerçekten mi? Ne tip bir suç işlemişler?"

"En kötüsünden. Vatan hainleri. Kendi ülkelerine ihanet ettiler."

"Nasıl?"

"Tam olarak ayrıntılara giremem. Eminim beni anlıyorsundur." Albay Zinfandel gülümsedi. "Ancak sana, yabancı güçler için casusluk yaptıklarını ve bu harika ülkeye anlatılmaz zararlar verdiklerini söyleyebilirim. Bu yüzden de tutuklanıp hapse atıldılar."

"Hapse mi?"

"Evet."

"Çocukları bile mi? Natascha bile mi?"

"Üzgünüm, ama çocuklar da bu korkunç işe katılmışlardı."

Tim kafasını salladı. "Çok tuhaf."

"Tuhaf mı? Ne demek istedin?"

"Neden ülkelerinin aleyhine casusluk yapsınlar ki?"

"Güzel bir soru," dedi Albay Zinfandel. "Yanıt, üzgünüm ama, çok basit. Para. Kötü emelleri için büyük miktarda parayla ödüllendirildiler."

Tim Grk'a baktı. Duydukları garipti. Eğer Raffifi ailesi bu kadar kötü olsaydı, bu kadar tatlı bir köpekleri olabilir miydi?

Albay Zinfandel öne doğru eğildi ve elini Tim'in dizine koydu. "Kafanın karışmış olmasını anlıyorum. Belki de çok sinirlendin. Ama korkarım ki elimizde ihanetlerine dair kesin kanıtlar var."

"Gerçekten mi? Ne gibi kanıtlar?"

"Dün sabah, Bay ve Bayan Raffifi hapishane hücrelerinden kaçmaya çalıştılar. Bir gardiyana saldırdılar. Onu ciddi şekilde yaralayıp kaçtılar. Sence bu masum insanların yapacağı bir şey mi?"

"Hayır," dedi Tim. "Sanırım değil."

"Kesinlikle değil."

"Peki ne oldu? Kaçabildiler mi?"

Albay Zinfandel kafasını salladı. "Vilnetto Hapishanesi'nden kimse kaçamaz. Gardiyanlar tarafından vuruldular."

"Yaşıyorlar mı?"

"Hayır." Albay Zinfandel üzgün ve ciddi görünüyordu. "Maalesef olay yerinde öldüler."

Tim'in midesi bulanmıştı. "Peki ya Natascha?"

"Hâlâ ağabeyiyle bir hücrede kalıyor."

"Onlara ne olacak?"

"Hayatlarının sonuna kadar hapishanede kalacaklar." Albay Zinfandel'in yüzünde bir gülümseme parlamıştı. Sonra, tekrar ciddi göründü. "Anlıyor musun, masum insanlar asla hapisten kaçmaya çalışmazlar. Yalnızca kaçmaya çalışmaları bile onları suçlamak için yeterli. Sence de öyle değil mi?"

"Sanırım," dedi Tim.

"Güzel. Anlayacağını biliyordum. Sen fevkalade zeki bir genç adamsın." Albay Zinfandel gülümsedi. Gözlerinde tuhaf bir ışıltı vardı.

Grk hırladı. Alçak sesli bir hırlama. Tim ve Albay Zinfandel tekrar hırlayan Grk'a baktılar. Grk gözlerini asla Albay Zinfandel'den ayırmıyordu.

"Askerlerim köpekle ilgilenecek," dedi Albay Zinfandel. "Ona iyi bir ev bulacaklar." Parmaklarını şaklattı.

Askerlerden biri, odanın öteki tarafına koştu. Albay Zinfandel askerlerine, sert ve kısa bir emir verdi ve askerler de başlarıyla onayladılar.

Asker elini Tim'e doğru uzattı. "Lütfen. İpi bana verin."

Tim, askere baktı. Sonra Grk'a baktı. Daha sonra da Albay Zinfandel'e baktı. "Sorun yok," dedi Tim. "Onu İngiltere'ye geri götüreceğim. Benimle kalabilir."

Çok uzun bir sessizlik oldu. Sonunda Albay Zinfandel başını salladı. "Çok güzel." Ayağa kalktı. "O zaman şimdi gidip Sir Cuthbert'i bulalım. Onu tanıyor musun?"

Tim kafasını salladı. "Hayır."

"Sir Cuthbert, Stanislavya'daki İngiltere Büyükelçisi'dir. Hoş bir adam. Alt katta seni bekliyor. Haydi, aşağı inelim."

Belki de Albay Zinfandel'in Tim'e hoş görünmek için neden bu kadar çaba harcadığını merak ediyorsundur. Bildiğimiz gibi, Albay Zinfandel iyi bir adam değildi. Masum çocukları hapse tıkarken bir kez bile düşünmemişti; ayrıca şunu da söyleyeyim, bunlardan çok, çok daha kötü şeyler yapmıştı. Öyleyse Tim'e hoş görünmek için neden bu kadar çaba harcıyordu?

Bunun iki sebebi vardı.

Öncelikle, Albay Zinfandel'in Stanislavya Ordusu için çok fazla silah, roket ve tank alması gerekiyordu. İngiltere, herkesin bildiği gibi dünyanın en iyi silah, roket ve tank üreticisidir. Bu yüzden de Albay Zinfandel, Fransızlar, Ruslar, Çinliler ve Amerikalılarla dost kalmaya çalışıyordu.

İkinci olarak, Albay Zinfandel yabancı ülkelerde yapılan birçok önemli konferansa davet edilmek istiyordu. Büyük arabalarda gezmek, başkanlar, başbakanlar, kral ve kraliçelerle el sıkışmak istiyordu. Stanislavya'nın, Birleşmiş Milletler'de önemli bir güç olmasını istiyordu. Tüm bunların olması için, diğer ülkelerin hepsiyle, özellikle de büyük, zengin ve güçlü olanlarla dost olmak zorundaydı. O yüzden İngilizlerle dost olmaya çok dikkat ederdi.

Timothy Malt'ın, İngilizlerle dostluk kurabilmek için çok büyük bir şans olduğunu biliyordu. İngiliz basını ve televizyonlarının Tim'in öyküsüyle çok ilgileneceklerini biliyordu. Albay Zinfandel'in medya departmanı çoktan BBC, ITV, Sky News, CNN'in yanı sıra Avrupa ve Amerika'daki daha yüzlerce medya kuruluşuyla irtibata geçmişti bile. Eğer Albay Zinfandel kartlarını doğru oynarsa yakışıklı, güler yüzü gezegenin her yanındaki televizyon kanallarında görünecek ve tüm dünya onun adını bilecekti.

19. Bölüm

Sir Cuthbert Winkle'ın bir Jaguar'ı vardı. Hayır, büyük bir kedisi değil, büyük bir arabası vardı. Önde bir şoför ve koruma oturuyordu. Tim, Grk ve Sir Cuthbert arkadaydı. Jaguar, İngiltere Büyükelçiliğine gitmek üzere Vilnetto caddelerinde hızla ilerliyordu. Sir Cuthbert, "Anne ve babanla konuştum," dedi.

Tim hiçbir şey söylemedi. Kafası çok meşguldü. Sir Cuthbert anlatmaya devam etti. "Güvende olduğunu bildikleri için çok memnun oldular. Büyükelçiliğe ulaştığımızda onlarla telefonda konuşabilirsin." Sir Cuthbert gülümsedi. "Konuşmak istersin, öyle değil mi?"

"Hı hı," dedi Tim; aslında dinlemiyordu.

"Çok güzel. Evet, az kaldı. Belki beş dakika filan kalmıştır." Sir Cuthbert, Tim'in ona bakmadığını fark edene kadar gülümsedi. Sonra yüzündeki gülümseme yavaş yavaş kayboldu. Yumuşak deri koltuğuna yaslandı ve camdan dışarı bakmaya başladı.

Sir Cuthbert'in çocuklarla ilgili pek bilgisi yoktu. Ne olduklarını biliyordu ama onlara söyleyecek bir şey pek bulamazdı. O yüzden Tim'in konuşmak istememesi hoşuna gitmişti. Sir Cuthbert rahat deri koltuğunda kaykılıp İngiltere Büyükelçiliğine vardığında neler yapacağını hayal etti: En sevdiği koltuğa oturacak, bir fincan demli çay içecek ve dünün Times gazetesini okuyacaktı. Bu, Sir Cuthbert için Vilnetto'da yaşamanın en kötü yanıydı: İngiliz gazeteleri hep bir gün sonra geliyordu.

Sessizlik içinde yola devam ettiler. Beş dakika sonra, yüksek, briketli bir duvarın ve çift kanatlı siyah bir kapının önünde durdular. Kapının arkasında üniformalı bir polis memuru duruyordu. Jaguar'a baktı, şoförü ve Büyükelçi'yi tanıdı ve kapıdan onlara selam verdi. Jaguar bahçeye girdi ve Elçilik binasının önünde durdu. Şoför ve koruma yerlerinden fırladılar ve aceleyle arka kapıları açtılar. Tim, Grk ve Sir Cuthbert arabadan çıktı.

"Teşekkürler," dedi Tim kapısını açan korumaya.

"Rica ederim," dedi koruma.

"Buradan." Sir Cuthbert başıyla Tim'e işaret etti. "Haydi içeri girip anne babanı arayalım."

Çakılların üzerinde ilerlediler, geniş basamaklı bir merdivene çıkıp eve girdiler. Yüksek tavanlı, uzun, beyaz bir hole girdiler. Sir Cuthbert, Tim ve Grk'a yol göstererek onları bir çalışma odasına götürdü. Duvarda yağlıboya tablolar vardı. Pencerenin yanına, bahçeyi görecek şekilde, büyük ahşap bir çalışma masası konmuştu.

Sir Cuthbert telefona doğru yürüdü ve ahizeyi kaldırdı. "Miranda? Miranda?" Parmaklarını ahizeye vuruyor ve bağırıyordu. "Miranda? Beni duyabiliyor musun?" Ama yanıt alamıyordu. Sir Cuthbert kafasını salladı. "Sanırım dinleniyoruz. Telefonlar hiçbir zaman çalışmıyor. Afedersin, birazdan dönerim."

Sir Cuthbert, sekreteri Miranda'yı bulmak için odadan dışarı fırladı. Sir Cuthbert odadan çıkınca, içeride eski bir saatin tik-takları dışında hiç ses kalmamıştı.

Tim, gözleri yarı kapalı bir halde yerde kıvrılmış yatan Grk'a baktı. Gözleri belki de yarı açıktı. Bunu anlamak zordu. Grk, şekerleme yapma fırsatını değerlendiriyordu.

Tim, "Böyle bir zamanda nasıl uyuyabiliyorsun? Hiç korkmuyor musun?" dedi.

Grk gözlerinden birini açtı, bir saniyeliğine Tim'e baktı ve tekrar kapattı.

"Tamam," dedi Tim. "Böyle devam et."

Sir Cuthbert beş dakika sonra sekreteri Miranda'yla birlikte geldi. Miranda, omuzlarında kesilmiş sarı saçları ve siyah giysileriyle uzun ve ince bir kadındı. İlk bakışta oldukça sıkıcı biri olduğunu düşünebilirdin. Ama gözlerinde tuhaf bir ifade vardı; aslında son derece eğlenceli, akıllı ve ilginç biriydi, ama bir sebeple bu özelliklerini saklama kararı almıştı.

"Merhaba," dedi Miranda. "Sen Tim olmalısın."

"Evet," dedi Tim. "Benim."

"Seninle tanışmak ne kadar güzel. Ben Miranda. Sir Cuthbert'in sekreteriyim. Şimdi, yiyecek bir şeyler ister misin? Ve tabii içecek bir şey?"

"Hayır, teşekkürler."

"Banyo yapmak ya da duş almak ister misin?"

"Hayır, teşekkürler," dedi Tim. "Ben iyiyim."

"Bir şey istersen bana haber ver. Tamam mı?"

Tim onaylar gibi başını salladı.

"Haydi bakalım," dedi Sir Cuthbert. "Şimdi anne babanı arayalım. Sağ salim geldiğini söyleyelim. Tamam mı?"

"Tamam," dedi Miranda. Telefona doğru ilerleyip ahizeyi kaldırdı.

"Şey," dedi Tim.

İkisi de dönüp Tim'e baktı.

"Sorun şu ki," dedi Tim ve sonra sustu. Biraz gergindi.

Miranda ve Sir Cuthbert Tim'i izliyordu. Bu, Tim'i daha da tedirgin ediyordu.

Sessizlik oldukça uzun sürmüştü. Tim, "Ah, neyse önemi yok," diyebilirdi. Böylece ona bakıp durmaktan vazgeçerlerdi. Anne ve babasıyla konuşabilir, başka bir uçağa biner ve Britanya'ya geri dönerdi. Bu yapılabilecek en kolay şey olurdu.

Tim halıda uyuklayan Grk'a baktı ve en kolay olan şeyin her zaman en iyisi olmayacağına karar verdi. "Sorun şu ki, buraya köpeği iade etmeye geldim." Grk'ı gösterdi. "Köpek bir kıza ait. Adı Natascha."

"Evet," dedi Sir Cuthbert. Sesi çok ciddiydi. "Natascha Raffifi'yle ilgili her şeyi biliyoruz. Ama korkarım onu göremeyeceksin."

"Bu doğru mu? Hapishanede olduğu yani?"

"Maalesef tamamıyla doğru, evet."

"Neden? Ne yaptı ki?"

"Polise göre, vatanına ihanet etti."

"Ama o daha küçücük bir kız. Vatanına nasıl ihanet etmiş olabilir?"

Sir Cuthbert yanıtlamadan önce biraz suskun kaldı. Doğru sözcükleri bulmaya çalışıyordu. "Anlaman gereken bir şey var, Tim. Burası Britanya değil. Burada işler farklı yürür. Bazı şeyler bize yanlış gelebilir. Ama bu, o işlere karışabileceğimiz anlamına gelmez. Anlıyor musun, burası bizim ülkemiz değil. Burada bizim kanunlarımız yok. Onları değiştiremeyiz."

"Yani hapishanede olması gerekmiyor mu?"

"Bilemiyorum," dedi Sir Cuthbert.

"Ama eğer Britanya'da yaşıyor olsaydı hapse atılmazdı, öyle mi?"

"Belki de atılmazdı."

"Öyleyse neden onu kurtarıp Britanya'ya geri götüremiyoruz?"

Sir Cuthbert gülümsedi ve başını iki yana salladı. "Korkarım, başka bir ülkenin iç işlerine karışamayız."

"Neden?"

"Karışamayız işte."

"Ama neden?"

Sir Cuthbert artık rahatsız olmaya başlamıştı. "Dediğim gibi, karışamayız. Biraz daha büyüyünce anlarsın."

Tim bu sözlerin ne anlama geldiğini biliyordu. Bunlar, bir sorunun yanıtını bilmediklerinde yetişkinlerin kullandığı sözcüklerdi. Ama aynı zamanda, bu sözcükleri kullanan bir yetişkinle tartışmanın bir anlamı olmadığını da biliyordu. Tim'in deneyimlerine bakılırsa, yetişkinler hiçbir zaman kendi cehaletlerini kabullenmiyorlardı.

O yüzden Tim, "Tamam," demekle yetindi.

"Evet, güzel." Sir Cuthbert Miranda'ya baktı ve başıyla onayladı.

Miranda telefonda bir numara çevirdi. "Alo. Bay Malt'la mı görüşüyorum? Ben Miranda Hopkins. Evet. Doğru. Yanımda." Başıyla Tim'i çağırdı ve ahizeyi ona uzattı.

Tim ahizeye konuştu. "Alo?"

"Ah Tim! Gerçekten sen misin?" Hattın diğer ucundaki ses Tim'in babasına aitti. Bay Malt'ın panik, hatta korku içindeki sesi Tim'i çok şaşırtmıştı.

"Buradayım," dedi Tim.

"İyi misin?"

"İyiyim," dedi Tim. "Sen nasılsın?"

"Çok merak ettik," dedi Bay Malt. "Ah Tanrım, çok endişelendik. Bekle bir dakika, annen konuşmak istiyor."

Tim, hattın diğer ucunda bir hareketlenme olduğunu duyabiliyordu. Sonra annesi telefona geldi. "Tim? Tim? Orada mısın?"

"Evet, buradayım."

"İyi misin? Her şey yolunda mı?"

"Her şey normal," dedi Tim.

"Ah, Tanrı'ya şükür! Şimdi eve geliyorsun, değil mi?"

"Evet."

"Seni havaalanında bekleyeceğiz. Ah, bir de Tim?"

"Evet?"

"Köpeği de getir. Ona bakarız. Eğer istediğin buysa."

Tim çok şaşırmıştı. "Alerjin ne olacak?"

"Bir şeyler yaparım. İlaç alırım. Akupunktura bile gidebilirim. İşe yarıyormuş, değil mi? Eğer köpeği istiyorsan alabilirsin. Ama karşılığında bir söz vermelisin. Bir daha bize haber vermeden hiçbir yere gitmek yok. Söz veriyor musun?"

"Tamam," dedi Tim.

"Söz mü?"

"Evet. Söz."

"Güzel. Tamam o zaman. Daha sonra görüşürüz. Havaalanında olacağız."

"Tamam."

"Bir de, Tim..."

"Evet."

"Seni seviyorum. İkimiz de seni seviyoruz. Biliyorsun, değil mi?"

"Evet," dedi Tim.

"Sonra görüşürüz."

"Güle güle."

Bir tık sesi duyuldu ve telefonun sesi kesildi. Tim, Miranda'ya ahizeyi uzattı. "Teşekkürler," dedi.

"Üç buçukta bir uçak var." Miranda gülümsedi. "Akşam yemeğini evinde yiyebilirsin."

"Tamam."

"Güzel bir macera yaşadın," diye ekledi Sir Cuthbert. "Öyle değil mi?"

Tim başıyla onayladı.

Sir Cuthbert saatine baktı ve gülümsedi. "Bir saat içinde çıkmamız gerek. Bir fincan çay içecek vaktimiz var, değil mi?"

"Ben suyu koyarım," dedi Miranda.

Tim'i çalışma odasından çıkardılar ve aşağıdaki yemek odasına götürdüler. Grk arkalarından yürüyordu. Yemek odasına vardıklarında Sir Cuthbert günlüğünü bulmaya, Miranda da çay koymaya gitti. Tim yere Grk'ın yanına diz çöktü.

Grk kafasını kaldırdı ve Tim'i kokladı.

Tim, "Uçağa binip eve gitmemizi istiyorlar. Ama bunu yapamayız, değil mi?" diye fısıldadı.

Grk, Tim'in çenesini yaladı.

"Ah," dedi Tim. "Gıdıklandım." Çenesini giysisinin koluna sildi. "Buraya bir şey yapmaya geldik. Onu yapmadan eve dönmeyeceğiz. Tamam mı?"

Grk kuyruğunu heyecanla kalın halıya vuruyordu.

20. Bölüm

Şimdi Tim'in bir plana ihtiyacı vardı. Natascha Raffifi'yi hapisten kurtarıp onu Grk'a kavuşturacak ve ülkeden kaçmasını sağlayacak, kurnaz ve zekice bir plan yapmalıydı. Ve tabii erkek kardeşini de özgürlüğüne kavuşturmalıydı. Demek ki, yüksek güvenlik önlemleriyle korunan bir hapishaneye girip, iki kişiyi hücrelerinden çıkarıp ülkeden gizlice çıkaracak ve yüzlerce kilometre ötedeki Britanya'ya gitmelerini sağlayacak bir plan olmalıydı bu.

Sorun şuydu ki, Tim'in böyle bir planı yoktu. Aslında hiçbir planı yoktu.

Tim, yemek odasında bir saat kadar oturdu. Miranda'nın ona getirdiği bir bardak portakal suyunu içti, pencereden dışarı baktı ve bir plan yapmaya çalıştı. Ama beceremedi. Bu tip planlarla ilgili deneyimi yoktu. Tüm hayatı boyunca, kahvaltı yapmak, okula gitmek ve bilgisayarda oyun oynamak gibi normal şeyler yapmıştı. Aslında, matematik sınavlarından daha zor bir şey yapması gerekmemişti hiç. Ve matematik, matematik öğrenmek istiyorsan oldukça faydalı olmakla birlikte, insanları hapisten kurtarmaya çalışırken pek de işe yaramıyordu.

Tim düşünmeye çalışırken, Grk da halıda yatıp sızmıştı. Ara sıra horluyordu. Bir kere de gaz çıkardı. Tim, koku uzaklaşana kadar odanın diğer ucuna gitmek zorunda kaldı.

Bir saat sonra, Miranda yemek odasına gelip Tim'i ve Grk'ı aldı. Birlikte Büyükelçilik binasından çıktılar. Jaguar, çakıl taşlı yola park edilmişti. Jaguar'ın arkasında bir Range Rover duruyordu. Arabalara bindiler ve büyükelçilikten uzaklaştılar.

Range Rover'daki iki polis ve iki koruma eşliğinde yola devam ettiler. Tim, Grk, Miranda ve Sir Cuthbert de Jaguar'daydı.

Sir Cuthbert, Vilnetto Havaalanı'na giderlerken Tim'e bundan sonra olabilecekleri anlattı. "Küçük bir resepsiyon olacak," diye açıkladı. "Ciddi bir şey değil. Birkaç fotoğrafçı. Belki bir televizyon ekibi. Üzgünüm, ama Albay Zinfandel gelişinizi bir halkla ilişkiler fırsatı olarak değerlendirecektir."

Miranda dönüp Tim'e baktı. "Bunun ne demek olduğunu biliyor musun?"

"Hayır," dedi Tim.

"Ah," dedi Sir Cuthbert. "Bir halkla ilişkiler fırsatı demek... eee. Şey, yani şöyle... Sen açıkla Miranda."

Miranda gülümsedi. "Halkla ilişkiler, kendini dünyaya güzel gösterme sanatıdır. Albay Zinfandel şu anda çok da iyi görünmüyor. Başkan'ı yerinden etti ve ülkeyi çaldı. O yüzden kendini daha iyi gösterebilmek için seni kullanacak."

"Onu iyi göstermek istemiyorum," dedi Tim. "Natascha Raffifi'yi hapse attı."

Sir Cuthbert ve Miranda birbirlerine baktılar. "Bunu anlıyoruz," dedi Sir Cuthbert. "Ama işbirliği yaparsan çok memnun oluruz."

"Neden?"

"Birçok nedeni var," dedi Sir Cuthbert. "Çok, çok fazla nedeni var."

"Ne gibi?"

Sir Cuthbert, Miranda'ya baktı. "Sen açıkla."

"En önemli neden şu," dedi Miranda. "Eğer Albay Zinfandel'le dost kalabilirsek, Natascha'yla ilgili yardım isteyebiliriz. Ama onu kendimize düşman edersek, büyük olasılıkla istediklerimizin tam tersini yapacaktır. Anladın mı?"

Tim söylenenleri anlamıştı. Tek sorun şuydu: Albay Zinfandel'in Natascha'yı hapisten çıkaracağına inanmıyordu. Onu kurtarmanın bir tek yolu vardı, o da pek kibar bir yol sayılmazdı.

Tim bunların hiçbirini dile getirmedi. Başıyla onayladı ve gülümsedi. "Tamam. Anlıyorum."

Jaguar ve Range Rover Vilnetto sokaklarından geçiyordu. Tim, kalabalık caddelere baktı. İnsanlar alışveriş yapıyorlardı ya da çocuklarını yürüyüşe çıkarmışlardı veyahut banklara oturup gazete okuyor, sigara içiyor, arkadaşlarıyla sohbet ediyorlardı. Tim kendini çok tuhaf hissetti. Hayatında ilk kez olağandışı bir şey yapacaktı. Bir şekilde hapishaneye girip iki çocuğu özgürlüğüne kavuşturacak ve yabancı bir ülkeden kaçacaktı. Bu arada diğer insanlar gayet normal bir şekilde yaşamlarını sürdürüyorlardı.

Şunu da yapabilirim, diye düşündü Tim. Uçağa binip Londra'ya geri gider ve normal yaşamıma geri dönebilirim. Hatta bu eskisinden de iyi olabilir, çünkü annem babam Grk'a bakmama izin verecekler.

Sonra, bu şekilde düşündüğü için kendini ayıpladı. Normal yaşamına geri dönecekti, ama ancak o çocukları kurtardıktan sonra.

Vilnetto küçük bir şehirdi, o yüzden hem sivil hem de askeri uçakların kullandığı yalnızca bir tane havaalanı vardı. Hepsi aynı pisti kullanıyorlardı. Havaalanının bir yanında yolcular jetlere binip Londra'ya, Paris'e, İstanbul'a, Kahire'ye veya New York'a gidiyorlardı. Havaalanının diğer yanındaysa askerler helikopterlere ya da savaş uçaklarına binip Stanislavya sınırlarını korumak için havalanıyorlardı.

Büyükelçi'nin Jaguar'ı ve Range Rover, havaalanının askeri girişine yaklaştı. Korumalar pasaportlarını ve kimliklerini kontrol ettikten sonra kapılardan geçtiler ve polis, askeriye, politikacılar ve VIP'ler için ayrılan özel park yerine vardılar.

Arabalardan çıktılar. Tim gerindi. Güneş parlıyordu. Hava Londra'dakinden daha sıcaktı. Uzakta ufuk çizgisi sisler içinde eriyip gitmişti. Tim, asfaltın diğer tarafında kırk, kırk beş kişilik bir kalabalık görüyordu. Hiçbirinin yüzünü ayırt edemiyordu. Ancak, birçoğunun elinde televizyon kamerası olduğunu görebiliyordu. Kalabalığın üzerinde asılı gibi duran uzun çubukların mikrofon olduğunu fark etti.

Miranda neye baktığını görmüştü. "Bunlar basından. Seni bekliyorlar."

"Gerçekten mi? Beni mi?"

"Evet."

"Bir şey söylemem gerekir mi?"

Miranda başını salladı. "Bunu biz hallederiz. Senin gülümsemekten başka bir şey yapmana gerek yok. Bunu yapabilir misin?"

Tim başıyla onayladı.

"Görelim bakalım."

Tim gülümsedi. Kendini çok neşeli hissetmiyordu, o yüzden gülüşü biraz sahte oldu, ama sonuçta bir gülümsemeydi.

"Mükemmel," dedi Miranda. "Bu harika. Böyle gülümsemeye devam edersen farkına bile varmadan bir televizyon yıldızı olacaksın."

Tim habercilere baktı. Gergindi. Sonra, başka bir şey fark etti. Habercilerin arkasında üç adet devasa, uzun baraka vardı. Birçok helikopter ve uçak bu barakaların dışında park halinde duruyordu. Çok uzakta olmalarına rağmen, Tim içlerinden bazılarını tanıyabilmişti. Bir Sikorsky Sea King, bir Westland Wessex ve bir de Gazelle görebiliyordu.

Bu uzun barakaların ne olabileceğini düşündü: Bunlar, Stanislavya Hava Kuvvetleri'nin helikopterlerinin durduğu hangarlardı.

Tim, beyninin derinliklerinde, planının başlangıcını hissedebiliyordu.

Bu tehlikeli bir plandı. Kötü bir plan da olabilirdi. Ama elindeki tek plandı.

Tim parmağını ağzına götürdü ve tırnaklarından birini yemeye başladı.

Sir Cuthbert eğilip Range Rover'ın aynasında kendine baktı. Saçını elledi, yakasını ve kravatını düzeltti. Her şey mükemmel görünüyordu. Doğrulup Miranda'ya kafasıyla bir işaret verdi ve Tim'e gülümsedi. "Albay'la birkaç fotoğraf çektirip seni Londra uçağına bindireceğiz. Hazır mısın?" Tim başıyla onayladı.

"Çok güzel. Şimdi gidip şu işi halledelim." Sir Cuthbert, habercilerin olduğu yöne doğru çevik adımlarla yürümeye başladı. Tim, Grk ve Miranda arkasından aceleyle ilerlediler. On metre kadar ilerledikten sonra Grk duraksadı ve asfaltı kokladı. Sonra bacağını kaldırıp çişini yaptı.

Tim Miranda'ya baktı. "Kimsenin umurunda olmaz, değil mi?"

Miranda yerdeki minik çiş lekesine baktı. "Sanmıyorum. Hava çok sıcak, beş dakika içinde kurur."

Sir Cuthbert durduklarını fark etmişti. Onlara el salladı. "Sallanmayın lütfen!"

"Peki efendim," dedi Miranda. Tim'e göz kırptı ve Sir Cuthbert'e yetişmek için hızlandılar. Tim Miranda'yı sevmeye başlamıştı.

Kalabalığa yaklaştıklarında, habercilerden biri Tim'i fark etti. Fotoğraf makinesini kaldırıp art arda fotoğraf çekmeye başladı. Bu hareketi yanında duran haberciyi de harekete geçirdi ve o da fotoğraf çekmeye başladı. Haberciler sinek ordusu gibi toplanmış, Tim'e bakıyorlardı. Fotoğraf makinelerini ve mikrofonlarını doğrultuyorlardı. Yüksek sesle sorular sormaya başladılar. Ama hepsi aynı anda bağırdığı için Tim hiçbirinin ne dediğini anlayamıyordu. Seslerinin birleşimi, kızgın arıların vızıltısını andırıyordu.

Miranda eğildi ve sadece Tim'in duyabilmesi için kulağına yaklaştı. "Onları görmezden gel. Orada değillermiş gibi davran."

Tim, habercilere baktı. Onları görmezden gelmesini nasıl beklerdi? O kadar çoktular ki! Ve ne kadar çok gürültü yapıyorlardı!

Miranda, kollarını Tim'in omzuna doladı ve onu Sir Cuthbert'in güneş gözlüklü bir adamla konuştuğu tarafa doğru yönlendirdi. Bu, Major Raki'ydi. Major Raki yaklaştıklarını görünce cebinden bir telefon çıkardı ve çarçabuk birini aradı.

Haberciler o kadar çok gürültü yapıyorlardı ki Tim başka bir ses duyamıyordu. Ayaklarının dibinden alçak bir ses geliyordu. Bu, Grk'ın hırıltısıydı.

Major Raki telefon konuşmasını bitirdi ve Sir Cuthbert'e döndü: "Albay Zinfandel bir dakika içinde burada olur."

"Çok güzel," dedi Sir Cuthbert. Tim'e ve Miranda'ya bakarak sırıttı. "Çok heyecanlı, değil mi?"

Tim başıyla onayladı. Miranda gülümsedi. Grk hırladı. Ama onu kimse duymadı.

Haberciler arkalarını dönüp fotoğraf makinelerini başka bir yöne çevirdiler. Parıldayan üniformalarıyla on adet askerin eşlik ettiği Albay Zinfandel'in onlara yaklaştığını görmüşlerdi. Albay Zinfandel, parlak güneş ışığında muhteşem görünüyordu. Geniş, kaslı omuzları, uzun, kemiksiz burnu, kendine güveni ve parlayan gözleriyle mükemmel liderin portresi gibiydi.

Kameralar, Albay Zinfandel'in asfaltta yürüyüp Büyükelçilikten gelen küçük gruba yaklaşmasını çekti. Major Raki onu selamladı. Albay Zinfandel de onu selamladı. Sir Cuthbert ileri doğru bir adım attı ve konuşmak için ağzını açtı.

Tam o anda Grk da ağzını açmıştı. Sivri dişleri güneşte parlıyordu. Fırlayıp Major Raki'nin ayak bileğine atladı. Tim, olanları tam zamanında görmüştü. Tuttuğu ipi aniden çekti. Grk'ın dişlerinin Major Raki'nin bileğine saplanmasına birkaç santimetre kala ip gerildi. Grk geriye doğru fırladı ve Tim'in ayaklarının üzerine indi.

Şans eseri olanları başka kimse fark etmemişti. Albay Zinfandel ve Sir Cuthbert'i izlemekle çok meşguldüler.

Sir Cuthbert, "Günaydın Albay. Bugün sizi görmek çok büyük mutluluk."

"Sizi de öyle, Sir Cuthbert." Albay Zinfandel gülümsedi. Kameraların her hareketini takip ettiğini ve mikrofonların da her sözcüğünü kaydettiğini çok iyi biliyordu. "Anlaşılan, ülkeniz vatandaşlarından biri oldukça romantik bir görevle ülkemize gelmiş."

"Çok romantik bir görev, efendim," diye karşılık verdi Sir Cuthbert. "İşte kendisi de burada. Londra'dan gelen bu sıradışı genç adamı, Timothy Malt'ı sizinle tanıştırmama izin verin, efendim."

Sir Cuthbert, Tim'i öne doğru itti. Albay Zinfandel gülümsedi ve "Çok memnun oldum, Tim. Hakkında çok şey duydum. Sonunda seninle tanıştığıma çok sevindim," dedi.

Tim'in kafası karışmıştı. Zaten o günün erken saatlerinde tanışmışlardı. Ama hiçbir şey söylememenin en iyi yol olduğuna karar verdi. O yüzden Miranda'nın tavsiyesini dinledi ve gülümsedi.

"Ülkemize hoş geldin," dedi Albay Zinfandel. "Gördüklerinden memnun kaldın mı?"

Tim yanıt vermedi. Yalnızca gülümsemeye devam ediyordu.

Albay Zinfandel umursamışa benzemiyordu. "Mükemmel. Bunu duyduğuma çok sevindim."

Sonra Sir Cuthbert ve Albay Zinfandel tokalaştılar. Haberciler yüzlerce resim çekti.

Tim tuhaf bir şey fark etmişti: Albay Zinfandel ve Sir Cuthbert el sıkıştıklarında aslında birbirlerine bakmıyorlardı. Gözleri asla objektiflerden ayrılmıyordu.

Tim Grk'a baktı. Planını gerçekleştirme vakti gelmişti. Geriye doğru bir adım attı ve asfaltın karşısına doğru yürümeye başladı. Oradan ayrıldığını kimse fark etmemişti. Herkes kameralara iyi görünmekle meşguldü. Aceleyle asfaltı geçti ve hangarlara doğru ilerledi. Tam kimse fark etmeden kaçtığını düşünüyordu ki, omzunda ağır bir el hissetti. Arkasını döndüğünde, tepeden ona bakan Major Raki'yi gördü.

Major Raki, "Nereye gidiyorsun?" dedi.

"Tuvalete," diye yanıtladı Tim.

"Ben götürürüm seni."

"Benim için değil. Onun için." Tim, Grk'ı gösterdi.

Major Raki ve Grk birbirlerine baktılar. Grk dişlerini gösterdi. Major Raki ise hiçbir şey göstermedi; kara gözlüklerinin ardından bir şey görebilmek imkânsızdı.

Tim, "Çimenlik bir yere ihtiyacı var. Çok çaresiz durumda."

"Peki, o zaman." Major Raki başını salladı. "Ama derhal dönüyorsun. Tamam mı?"

"Tamam," dedi Tim.

"Buradan." Major Raki, alanı çevreleyen çitleri gösterdi. "Orada çimen bulabilirsin."

"Teşekkürler." Tim ve Grk, Major Raki'nin gösterdiği yönde ilerlemeye başladılar.

On adım sonra Tim durdu ve arkasına baktı. Tam umduğu gibi, Major Raki onları izlemiyordu. Aceleyle Albay Zinfandel'e dönmüştü.

Tim Grk'a, "Haydi!" diye fısıldadı.

Birlikte koşmaya başladılar. Major Raki'nin onlara gösterdiği çitlere doğru koşmuyorlardı. Bunun yerine, tam tersi yöne, uzun hangarlara doğru koşuyorlardı.

Tim, her an birinin bağırıp durmasını söylemesini bekliyordu. Bunu kimin yapacağını bilmiyordu: Major Raki, Miranda, Sir Cuthbert veya habercilerden biri, yahut havaalanında gezen askerlerden biri. Ancak, sandığının aksine kimse onu çağırmamıştı.

Grk yanındaydı. Tim hâlâ Grk'ın tasmasına bağlı olan ipi tutuyordu, ama bu tamamen gereksizdi. Grk'ı çekmesi gerekmiyordu. Aslında Grk onu çekiyordu.

En yakındaki hangara doğru koştular.

Hangar aşağı yukarı çift katlı bir otobüs yüksekliğinde ve art arda park edilmiş on beş otobüs uzunluğundaydı.

Tim ve Grk hangarın sonuna varınca durdular. Tim nefes almak için durdu. Sonra da köşeyi sanki hiçbir şeyi umursamıyormuş gibi yavaş yavaş gezinerek döndü. Askeri üslerin civarında koşulmaması gerektiğini, aksi takdirde askerlerin saldırıya uğradıklarını düşüneceklerini biliyordu. Askerler, önce nişan alıp vurmak, sonra soru sormak için eğitilmişlerdi.

Köşeyi döndüklerinde, Tim'in gözleri kamaştı. Bir an için o kadar şaşırmış ve heyecanlanmıştı ki hareket edemedi. Hayatı boyunca bu kadar helikopteri bir arada görmemişti. Bazıları, pervaneleri bağlanmış ya da ayrılmış bir şekilde hangarın içinde duruyordu. Diğerleriyse hangarın dışındaydı. İçlerinden biri, yeşil bir Westland Wessex, asfaltta havalanmak için hazır bekliyordu. Pervaneleri ağır ağır dönüyordu. Tim, kabinde oturan kasklı ve askeri üniformalı pilotu görebiliyordu.

Tim helikopterleri çok seviyordu, ama onlara yakından bakma şansını çok az yakalayabilmişti. Babası onu üç farklı hava gösterisine götürmüştü. Bir keresinde Duxford'daki İmparatorluk Savaş Müzesi'ne gitmişlerdi. Tim zaman zaman Oxford'da helikopterlerin uçtuğunu görüyordu. Bunun dışında helikopterleri yalnızca kitaplarda veya televizyonda görmüştü. Daha önce hiçbir hangarın yanında durup yirmi farklı helikopteri izleme şansı olmamıştı. Hepsinin şekilleri farklıydı. Hepsi farklı büyüklüklerdeydi. Hepsinin modeli farklıydı. Hiçbiri tam olarak modern ya da ileri teknoloji ürünü değildi; aslında bu helikopterlerin çoğu İngiliz, Fransız ve Amerikan ordularından aktarılmıştı. Stanislavya Ordusu onları büyük olasılıkla çok ucuza ikinci el almıştı. Ama bunun bir önemi yoktu. Hâlâ parlayan ve çalışan güzel helikopterlerdi.

Grk ileri doğru atıldı ve tasmasına bağlı olan ipe takıldı. Dönüp Tim'e baktı.

Tim başıyla onayladı. Grk haklıydı. Helikopterlere hayranlıkla bakacak zaman değildi. Yapılacak işleri vardı. Helikopterlerin çoğu boştu. Tim içlerinden birine binseydi onu kimse durduramazdı. Ama burada bir problem vardı: Helikopter simulasyon oyunlarından nasıl helikopter kullanılacağını öğrenmişti, ama motoru nasıl çalıştıracağını bilmiyordu.

Geriye bir tek seçenek kalıyordu. Asfalttaki, motoru çalışan, pervaneleri dönen ve kabinde pilotun oturduğu Wessex'i kullanması gerekecekti.

Tim asfaltın diğer yanına doğru koşmaya başladı. Grk da yanında koşuyordu. Gizlice hangara girdiler, iyice eğilip Wessex'e doğru koştular. Pilotun onları görmemesi için arkasından yaklaştılar.

Tim'in pilotu helikopterden dışarı çıkarmak için bir planı vardı. Fakat bir sorun vardı: Planda Grk da olmalıydı. Planın işe yaraması için Grk'ın pilotun ilgisini dağıtması gerekiyordu. Ama Tim ne yapması gerektiğini Grk'a nasıl anlatacaktı? Ve Grk bunu yapacak mıydı?

Bunun için endişelenecek vakit yoktu. Yokluğunu çoktan fark etmiş olmalıydılar. Miranda ve Sir Cuthbert onu arıyor olmalıydı. Hatta daha kötüsü, Major Raki de onu arıyor olabilirdi.

Wessex'in arkasına yaklaştılar. Tim yere eğilip Grk'ın ipini çözdü. Üstlerinde kuyruk pervanesi dönüp duruyor, korkutucu bir ses çıkarıyordu. Tim Grk'a baktı ve helikopterin diğer yanındaki bir noktayı işaret etti. "Oraya git!"

Grk Tim'e bakakalmıştı.

"Oraya git! Oraya git! Oraya git!"

133

Grk kuyruğunu sallıyordu. Bir çeşit oyun oynadıklarını biliyordu ama kuralları anlayamıyordu.

"Lütfen," dedi Tim. "Oraya git. Lütfen, Grk. Oraya git! Haydi!"

Grk kuyruğunu daha da şiddetle sallamaya başlamıştı ama kıpırdamıyordu. Bana kuralları anlat, der gibiydi. Bana kuralları anlatırsan, istediğin her oyunu oynarım.

Tim tırnaklarını yiyordu. Bir çomağı olsaydı onu fırlatırdı. Ya da bir tenis topu. Ama yoktu.

Tekrar tırnaklarını yemeye başladı. Eğer hayat böyle zor olmaya devam ederse, çok kısa süre içinde tüm tırnaklarını yiyip bitirirdi.

Yapılacak tek bir şeyin olduğunu fark etti. Pek hoş değildi, ama yapması gerekiyordu. Grk'ı kollarına aldı. Grk küçük bir köpekti, o yüzden çok hafifti. Tim, pilotun görüş sahasına girmemeye çalışarak Wessex'in yan tarafına gitti. Wessex'in yanına gelince durdu ve Grk'ı havaya attı.

Grk bir kavisle döndü. Çaresizce dört bacağını da açmıştı. Ve BAM sesiyle asfalta indi; bu sesi yumuşak bir CİYK takip etti!

Tim, bunun canını ne kadar acıttığını düşünerek biraz irkilmişti.

Grk bir an için asfaltta öylece kaldı, döndü. Sonra yuvarlandı ve Tim'e baktı. Bakışı sanki: Seni sevdiğimi sanmıştım, ama yanılmışım! der gibiydi. Birkaç saniye sonra Grk gözlerini indirdi ve arka patilerinden birini yalamaya başladı.

21. Bölüm

Pilot Yüzbaşı Milos Dimyat, Stanislavya Hava Kuvvetleri'nde yirmi üç yıl görev yapmış, ancak hiçbir zaman pistte dolaşan bir köpek görmemişti. Yani bugüne kadar.

Pilot Yüzbaşı Milos Dimyat, Stanislavya Hava Kuvvetleri'nin en deneyimli pilotlarından biriydi. İngiliz uçakları, Amerikan uçakları, Rus ve Fransız uçakları kullanmıştı. Sikorsky helikopterlerindeki uzmanlığıyla ün salmıştı. Rus Hava Kuvvetleri'nde bir yıl eğitim görmüş, daha sonraki bir yılı ise Amerikan Hava Kuvvetleri'yle çalıştığı Texas'ta geçirmişti. Yaşamının çoğunu hava sahalarında geçirmişti. Ve hiçbir zaman pistte dolaşan bir köpek görmemişti.

Yani bugüne kadar.

Westland Wessex helikopterinin ön camından dışarı baktı ve pistte oturan bir köpek gördü. Siyah beyaz tüylü, kuyruğu kıpır kıpır, küçük bir köpekti bu.

Köpek yalnızca oturmakla kalmıyordu. Patilerini de yalıyordu. Sanki dünya umrunda değildi. Sanki, dönen pervanelerin onu yüz parçaya ayırabileceği kocaman ve güçlü bir helikopterin yanında oturduğunun farkında değildi.

Pilot Yüzbaşı Milos Dimyat, son derece rahatsız olmuştu. Köpeğe bakakaldı ve uzaklaşmasını umut etti.

Anlamışsındır, Pilot Yüzbaşı Milos Dimyat'ın bir problemi vardı: Köpekleri severdi. Aslında onlara bayılırdı. Eğer köpekleri sevmeseydi, o köpeğin yüz dilime ayrılmasına, pervanelerin rüzgârıyla savrulmasına ve bir sonraki helikopterce ezilmesine seyirci kalabilirdi. Ama Pilot Yüzbaşı Milos Dimyat ve eşinin üç köpeği vardı. (Eğer merak ediyorsan, bir Yorkshire Terrier, bir tazı ve bir minyatür Schnauzer.) Başıboş bir köpeğin pistte durup da yaralanmasına izin veremezdi. Kaskını çıkarttı, emniyet kemerini çözdü ve yerinden kalktı. Helikopterinden çıktı. Eğer köpek için bu kadar endişelenmeseydi, motoru kapatmayı unutmayabilirdi.

Tim, helikopterin diğer yanında bekleyip olanları seyrediyordu. Fark edilmemek için iyice eğilmişti. Sürünerek helikopterin iniş takımlarına (bir başka deyişle tekerleklerine) yaklaştı ve Grk'a baktı.

Tim, biraz sonra bir postal gördü. Sonra bir postal daha. Postalların asfaltta Grk'a doğru ilerlediğini görebiliyordu.

"İşte bu," dedi Tim kendi kendine. Helikopterin kapısını yakaladı ve döndürüp açtı. Tüm gücüyle kendine kabine itti.

İçerideki ses hayret vericiydi. Motor kükrüyordu. Tepesinde pervaneler dönüyordu ve her dönüşte gürlüyorlardı.

Tim sağır olmuştu. Kulakları ağrıyordu; üstelik helikopterin içinde yalnızca birkaç saniye kalmıştı.

Dehşetle kabinin içine baktı. Her şeyin ne kadar karmaşık olduğunu görüp afallamıştı. Burada her santimetrede düğmeler, tuşlar, göstergeler ve yanıp sönen ışıklar vardı. Tim, tuşlardan iki tanesinin ne işe yaradığını anlamıştı. Bir tanesi altimetreydi; yerden yüksekliği ölçüyordu. Diğeri de hız göstergesiydi; ne kadar hızlı gittiğini gösteriyordu. Peki ya geri kalan yüz tuş? Onlar ne işe yarıyordu?

Tim'in onları düşünüp endişe edecek vakti yoktu. Ön camdan, kollarını uzatıp Grk'ı almak isteyen pilotu görebiliyordu. Pilot her an arkasını dönüp yerinde bir yabancının oturduğunu görebilirdi.

Tim emniyet kemerini taktı. Her iki eliyle kumandaları kavradı. Kendini ileri itti ve pedallara yalnızca ayak parmaklarının ucuyla dokunabildiğini fark etti.

Tamam, diye düşündü Tim. İşte bu. Bu şeyi uçurabilir miyim?

Pistte, Pilot Yüzbaşı Dimyat köpeğin boyundaki tasmayı fark etti. Pilot Yüzbaşı Dimyat, tasmadan sarkan bozuk para büyüklüğünde, üzerinde yazılar olan bir disk gördü. Bu köpek başıboş değildi. Bir sahibi vardı. Biri ona bakıyordu. Biri onu seviyordu. Pilot Yüzbaşı Dimyat bu köpeği sahibine götürmenin onun görevi olduğuna karar verdi. Eğildi ve köpeği aldı.

Tam o anda garip bir ses duydu. Sanki helikopterin pervaneleri daha hızlı dönmeye başlamıştı. Bu olanaksızdı. Pilot Yüzbaşı Dimyat arkasını döndü. Helikopteri gördüğünde, ağzı açık kalmıştı.

Pervaneler kesinlikle daha hızlı dönüyordu. Sadece bu değil: Helikopterin içinde birinin oturduğunu da görebiliyordu. Onun yerinde. Onun emniyet kemeriyle. Helikopterini çalıyordu!

Pilot Yüzbaşı Dimyat gözlerini kapatıp açtı ve ön camdan içeriyi görmeye çalıştı. Yerinde oturan kişi minikti. Helikopterini bir cüce çalıyordu!

Pervaneler gittikçe hızlanıyordu. Helikopter, birkaç saniye içinde, kalkmak için gereken gücü toplayacaktı.

Stanislavya Ordusu'ndaki ve Hava Kuvvetleri'ndeki herkes gibi Pilot Yüzbaşı Dimyat da silah taşıyordu. Silahına hemen uzanamadı, çünkü kucağında bir köpek vardı. O yüzden köpeği hızla kucağından bıraktı ve silahını kavradı.

Grk, aynı gün içinde ikinci kez asfalta düşmüştü.

İlk kez yere düşürüldüğünde kafası karışmış, üzülmüştü ve hayal kırıklığına uğramıştı. İkinci kez düşürüldüğünde çok sinirlenmişti.

Kendi etrafında döndü ve görebildiği en yakın ayak bileğini ısırdı.

Pilot Yüzbaşı Dimyat, helikopterini çalmakta olan cüceye silahını doğrultmuştu.

Parmağı sımsıkı tetikte duruyordu.

Tam o anda, sol ayak bileğinde korkunç bir acı hissetti. O kadar şaşırmıştı ki, silahını düşürdü. Silah elinden fırladı ve kayarak asfaltın diğer yanına gitti.

Yere baktı. Köpek ona bakıyordu. Köpeğin yüzünde hoşnut bir ifade vardı.

Pilot Yüzbaşı Dimyat, "Seni küçük…" dedi.

Daha Pilot Yüzbaşı Dimyat cümlesini tamamlayamadan, köpek arkasını dönüp ondan uzaklaştı ve helikoptere doğru ilerledi. Kapı açıldı. Köpek içeri zıpladı. Kapı kapandı.

Kapı kapanır kapanmaz, helikopter sarsılmaya başladı. Sallandı ve yerden havalandı.

Pilot Yüzbaşı Dimyat'ın midesi bulanmıştı. Şimdi neler olduğunu anlayabiliyordu. Bu bir dolaptı. Onu aptal durumuna düşüren şeytani bir dolaptı. Helikopteri bir cüce ve bir köpek tarafından çalınıyordu!

Yüzbaşı bir an için durup düşünmedi. Eğer net olarak düşünebilseydi, gidip asfaltın diğer yanındaki silahını alır ve helikopterin motoruna birkaç el ateş ederdi. Bu kısa mesafede, helikopterin motoru devre dışı kalır ve helikopter güvenle piste geri inerdi.

Ama Pilot Yüzbaşı Dimyat doğru düzgün düşünemeyecek kadar öfkeliydi. O yüzden dosdoğru havalanmakta olan helikoptere doğru koştu. Araç yerden yirmi santim kadar havalanmıştı. Pilot Yüzbaşı Dimyat daha hızlı koştu. Helikopter bir yirmi santim kadar daha yükselmişti… ve bir yirmi santim daha… Tam helikopter yukarı kalkmışken, Pilot Yüzbaşı Dimyat fırlayıp iniş takımlarına uzandı ve tekerleklerden birini yakaladı.

Şimdi sana bir soru: Bunların hepsini aynı anda yapabilir misin?

Sol elinle göbeğini ovuştur.

Sağ elinle başına vur.

İki ayağınla birden ritim tut.

Eğer yapamıyorsan, sakın helikopter kullanmayı falan düşünme.

Bir helikopter kullanırken, aynı anda pek çok şey yapman gerekir. Bazıları açık seçiktir. Camdan dışarı bakman ve bir şeye çarpmayacağından emin olman gerekir. Ağaçlara, işaret kulelerine, tellere, binalara, kuşlara, uçaklara ve diğer helikopterlere dikkat etmen gerekir. Ne kadar yukarıda olduğunu, ne kadar hızlı gittiğini ve ne kadar yakıtının kaldığını gösteren kontrol panellerini incelemen gerekir.

Aynı anda her iki elini ve her iki ayağını da kullanabilmen gerekir. Ayakların pedalları kontrol eder. Soldaki pedala basarsan sola dönersin. Sağdaki pedala basarsan sağa dönersin.

Bu arada sol elin kolektif kontrol kumandası denen bir kolu idare eder. Bu, helikopterin aşağı ve yukarı hareketini sağlar.

Peki ya sağ elin? O da dizlerinin arasında bulacağın başka bir kolu idare eder. Adı devir kontrol kumandasıdır ve helikopteri ileri, geri ve her iki yana hareket ettirir.

Bu karmaşık mı geldi? Öyle mi? Evet, karmaşık. Bir helikopter kullanmanın acımasız bir zorluğu vardır. Çok yüksek bir IQ'n, kol ve bacaklarında güçlü kasların, iyi bir öğretmenin ve pratik yapacak bolca vaktin yoksa hiç zahmet etme.

Neyse ki Tim çok, çok uzun saatlerini bilgisayarda helikopter simülasyon oyunları oynayarak geçirmişti. Devir kontrol kumandası, kolektif kontrol kumandası ve pedallarla ilgili her şeyi biliyordu. Gerçekte hiç helikopter kullanmamasına rağmen, ne yapması gerektiğini kesinlikle biliyordu.

Devir kontrol kumandasını ileri doğru itti ve helikopter bulutların arasına karıştı. Soldaki pedala bastı ve helikopter sola doğru döndü. Kolektif kontrol kumandasını geri çekti ve helikopter yükseldi.

Her şeyin bu kadar iyi gittiğine inanamıyordu.

Sonra aşağı baktı ve tekerleklere asılı duran bir adam gördü.

22. Bölüm

Hava sahasının diğer yanında Albay Zinfandel ve Sir Cuthbert Winkle kameralara poz veriyorlardı. Her ikisinin de yüzünde kocaman birer gülücük vardı.

Gazetecilerden biri, "Albay Zinfandel, planlarınız arasında bir İngiltere ziyareti görünüyor mu?" diye sordu.

Albay Zinfandel sırıttı. "Londra'yı ziyaret etmeyi ve Kraliçe'yle bir çay içmeyi her zaman istemişimdir. Ama hâlâ davet edilmeyi bekliyorum."

"Çok fazla beklemeniz gerekmeyecek," dedi Sir Cuthbert.

Gazeteci, İngiltere Büyükelçisi'ne döndü. "Sir Cuthbert, bu Kraliçe'nin Albay Zinfandel'i çaya davet edeceği anlamına mı geliyor?"

"Kesin bir şey söyleyemem," dedi Sir Cuthbert. "Ama umarım ülkelerimiz arasındaki dostluk güçlü ve verimli olur."

Albay Zinfandel gazeteci ordusuna baktı. "Başka sorusu olan var mı?"

Pek çok gazeteci elini kaldırdı. Albay Zinfandel içlerinden birini işaret etti. "Evet, siz. Sarışın bayan. Evet. Sorunuz nedir?"

Gazeteci, daha önce söz almamış olan sarışın bir kadındı. Konuşmasından, anadilinin farklı olduğu rahatlıkla anlaşılıyordu. "Ben bir kadın dergisi yazarıyım. Adı Evim ve Yuvam. Bir sorum vardı. İngiliz çocuk ne zaman konuşacak? Timothy Malt. Okurlarım ondan haber almak ister."

Albay Zinfandel başıyla onayladı. "Elbette, şimdi konuşacak. Ona istediğiniz tüm soruları sorabilirsiniz. Sir Cuthbert?"

"Evet, evet," dedi Sir Cuthbert. "Çok güzel bir fikir. Tim'den bazı soruları yanıtlamasını isteyelim." Etrafına bakındı, ama Tim'i göremedi. Miranda'ya baktı: "Nerede o?"

Miranda omuz silkti. "Köpeği yürüyüşe götürdü."

"Yürüyüşe mi götürdü? Basın toplantısı sırasında mı?" Sir Cuthbert dişlerini gıcırdattı. "Bul onu Miranda. Çabuk ol."

"Hemen efendim," dedi Miranda. Kalabalığı yararak piste Tim'in gittiği yöne doğru ilerledi.

Major Raki onu takip etti.

Miranda oradan ayrılınca Sir Cuthbert gazetecilere gülümsedi. "Tim bir dakikalığına kaçmış. Küçük çocuklar nasıldır bilirsiniz. Sakin duramazlar. Az sonra burada olur. Ama bundan önce, başka sorunuz varsa onları alalım."

Pek çok gazeteci elini kaldırdı.

"Evet." Sir Cuthbert, gazetecilerden birini işaret etti. "Siz. Sorunuz nedir?"

Gazeteci ağzını açtı, ama konuşmadı. Yalnızca Sir Cuthbert'in başının üzerindeki bir şeye bakıyordu.

"Haydi, haydi," dedi Sir Cuthbert.

Gazetecinin ağzı daha çok açılmıştı, ama hâlâ konuşmuyordu.

Tam o anda Sir Cuthbert arkasından gelen yüksek bir ses duydu. Sanki başının üzerinde devasa bir arı uçuyordu. Bu gürültüyü neyin çıkardığını görebilmek için başını çevirdi. Gördüğü manzara şuydu: Pistin diğer tarafında, hangarların yanından bir helikopter havalanıyordu. Bu helikopter yeşil bir Westland Wessex'ti ve tekerleklerinden birinden bir şey sarkıyor gibiydi.

Helikopter sola dönüp yere doğru alçalırken kalabalık nefesini tutmuştu. Helikopter sağa dönüp havalandığında nefeslerini bir kez daha tuttular.

Eğer helikopter bir insan olsaydı, onun öğlen yemeğinde üç şişe şarap içtiğini düşünürdün.

Helikopter yalpalayarak hızlanıp kalabalığa doğru yaklaşırken, Albay Zinfandel, "Ama... Ama... Ama bu benim helikopterim!" dedi.

Sir Cuthbert şaşkınla ona bakakaldı. "Sizin helikopteriniz mi?"

"Evet. Bu benim özel helikopterim!"

"Gerçekten mi? İlginç. Peki, iniş takımlarına asılı duran kim?"

Albay Zinfandel bir saniye için donakaldı. Sonra, kısık ve sinirli bir sesle, "O da benim pilotum," dedi.

"Helikopteri havalandırmanın gülünç bir yolu," dedi Sir Cuthbert. "İniş takımlarına asılmak. Oldukça alışılmadık bir durum."

Albay Zinfandel alay eder gibi tısladı, "Helikopteri kullandığını sanmıyorum," dedi.

"Ah, öyle mi?" Sir Cuthbert'in kafası karışmış gibiydi. "Peki, kim kullanıyor o zaman?"

"Bilmiyorum," dedi Albay Zinfandel. "Ama bulacağım. Ve bulduğumda, onları..."

Cümlenin geri kalanını söylemedi. Sanki öyle korkunç bir şey yapacaktı ki, bu ifade bile edilemezdi.

Albay Zinfandel ve Sir Cuthbert yan yana durup, yalpalayarak kendilerine gitgide yaklaşıyor gibi görünen helikoptere baktılar. Sağa sola savrulan adam, her yalpalamada fırlayacakmış gibi duruyordu. Çaresizce bacaklarını oynatıyor, sanki havada ayaklarını koyacak bir yer arıyordu.

Gazeteci ordusu iyice heyecanlanmıştı. Londra'dan gelen kayıp bir çocuk, bir köpek, iniş takımlarından bir adamın asıldığı sarhoş bir helikopter; bu hikâye gittikçe daha iyi bir hal alıyordu! Haberciler çılgınlar gibi not alıyor, olanları kameraya çekiyor ve editörlerini arıyorlardı. ÖN SAYFAYI BASMAYIN!

Helikopter, yaklaştıkça, yere çakılacak gibi görünüyordu. Piste çakılmadan birkaç saniye önce helikopterin burnu havaya kalktı, sola manevra yaparak çok tehlikeli bir biçimde habercilere yaklaştı. Pek çoğu yere çökmüştü. Pervaneleri korkunç bir gürültüyle dönerken, helikopter başlarının üzerinde pike yaptı.

Helikopter o kadar alçaktan uçuyordu ki, yerdeki insanlar kokpitin içini görebiliyorlardı. Sonunda pilotu gördüler. Onu tanıyınca, ağızları açık kalmıştı.

"Aman Tanrım!" dedi Sir Cuthbert. "Bu o! Bu Timothy Malt."

"Timothy Malt," diye tekrarladı Albay Zinfandel alçak ve uğursuz bir sesle.

Sir Cuthbert elinden geldiğince yüksek sesle bağırdı: "Timothy! Timothy! Ne yapıyorsun sen? Çabuk şu şeyi yere indir!"

Timothy Malt Sir Cuthbert'i duysaydı bile muhtemelen ona bakmazdı. Tamamen helikopteri kullanmaya odaklanmıştı. Alnından ter damlıyordu. Kolları ağrımaya başlamıştı. Helikopter kullanmak, vahşi bir hayvana binmeye benziyordu. Tim kendini, üzerinden sahibini atmaya çalışan çılgın bir ata binmiş bir kovboy gibi hissediyordu.

Pistin kenarına doğru alçalmaya çalıştı. İlk seferinde hedefini ıskaladı ve neredeyse habercilere çarpıyordu. O yüzden tekrar yukarı doğru hızlandı. Helikopterin burnu havadaydı. Grk yerine çakıldı ve ciyakladı. Tim soldaki pedala bastı, kontrol kolunu çekti ve yere doğru yön değiştirdi.

Bu kez boş çimenliği gözüne kestirmişti. Helikopter aşağı doğru sallanıyordu. Tim, yere mümkün olduğunca yakın gitmesi gerektiğini, sonra da derhal havalanması gerektiğini biliyordu.

Yere doğru ilerledi ve yolcusuna atlama fırsatı verdi. Yolcu bu fırsatı değerlendirdi. Pilot Yüzbaşı Dimyat kendini bıraktı ve çimenlere düştü. Yalnızca bir iki metre yükseklikten düşmüştü. Pilot Yüzbaşı Dimyat pek çok paraşüt eğitimi almıştı, o yüzden yaralanmadan yere nasıl inileceğini biliyordu. Her iki ayağı da yere aynı anda bastı, sonra yuvarlandı, kendini pervanelerin rüzgârından korudu.

Timothy, kolektif kontrol kolunu çoktan çekmişti. Helikopter gökyüzüne doğru fırladı.

Major Raki silahını çıkardı ve ateş etmeye hazırlandı.

Helikopter, haberci ordusuna doğru uçarken, içinde kimin olduğunu hemen anlamıştı. Onları nasıl durduracağını biliyordu. Silahını çıkardı ve doğru nişan alabilmek için iki eliyle tuttu.

Nişan aldı. Tek bir atışla helikopterin motorunu mahvedebilirdi. Araç yere çakılırdı. Hatta şanslıysa, büyük bir ateş topu gibi patlayabilirdi. Bunu düşünürken, Major Raki'nin yüzüne zalim bir gülümseme yerleşmişti. Nişan aldı. Helikopter yükseldi. Major Raki parmağını tetikte sımsıkı tutuyordu.

Major Raki tam tetiği çekecekken, yana doğru savruldu. Silahından çıkan kurşun pisti aşıp kimseye zarar vermeden bir hangara isabet etti.

Major Raki yuvarlandı ve tekrar nişan aldı. Ama çok geç kalmıştı. Helikopter çoktan gökyüzüne havalanmıştı ve artık onu vuramazdı.

O yüzden arkasını döndü ve silahını onu ittiren kişiye doğrulttu.

Miranda ellerini havaya kaldırmadı. Korkmuş ya da merhamet için yalvarır bir hali de yoktu. Bunun yerine yalnızca gülümsedi. "Senin yerinde olsaydım, silahımı indirirdim."

Major Raki hırladı. "Neden indirecekmişim?"

"Çünkü beni vurmak istemezsin."

"Neden istemeyeyim?"

"Çünkü ben İngiltere devletinin temsilcisiyim. Eğer beni vurursan, İngiltere'ye savaş ilan etmiş olursun. Albay Zinfandel bu konuda ne düşünür dersin?"

Major Raki, onun haklı olduğunu biliyordu. Ama bunu söyleyerek onu mutlu etmeyecekti. Silahını kılıfına soktu ve yüzüne bile bakmadan Miranda'nın yanından geçip gitti.

Bir kadın onu aptal yerine koymuştu. Major Raki aptal yerine konmaktan ve kadınlardan pek hoşlanmazdı. Bir gün bu sinir bozucu İngiliz kadınından öcünü alacağına dair kendine söz verdi.

23. Bölüm

Tim'in iyi bir hafızası olması büyük şanstı. Yoksa helikopter hiçbir işe yaramayacaktı. Nereye gittiğini bilmeden daireler çizerek uçup duracaktı.

Ama Vilnetto Havaalanı'ndan şehir merkezine giden yolu biliyordu: Otoyoldan giderken Raffifi kardeşlerin tutulduğu hapishanenin önünden geçmişlerdi. Tim, helikopterin içinde gökyüzünde asılı duruyor ve pencereden dışarı bakıyordu.

Grk burnunu cama yaslamış dışarıyı izliyordu. Grk ilk kez helikoptere biniyordu ve bu deneyim oldukça hoşuna gitmişti.

Tim ve Grk, yeryüzü şekillerinin altlarında bir harita gibi serildiğini görebiliyorlardı. Buradan her şey minicik görünüyordu. Arabalar kibrit kutusu kadardı. Binalar kitaplara benziyordu. İnsanların kafası elma çekirdekleri gibiydi.

Havaalanından uzaklaşırken Tim gri bir kurdele gibi uzanan otoyolu gördü. Ufukta kahverengi ve kirli bir sis tabakası görebiliyordu. Burası Vilnetto'nun merkezi olmalıydı.

Eğer otoyolu takip ederse hapishaneyi bulabilirdi. Helikopteri döndürdü, otoyolun üzerinde uçtu ve şehre doğru ilerledi. Helikopterler çok hızlı yol alır.

Gazetecilerden oluşan kalabalık, helikopterin gökyüzünde ilerleyişini, birkaç saniye duraklamasını, sonra da Vilnetto'ya doğru yol alışını izledi. Bir dakika sonra helikopter ufukta gözden kaybolmuştu.

Bu arada Albay Zinfandel öfkeyle Major Raki'ye bağırıyordu.

Albay Zinfandel'in yüzü parlak kırmızıya dönmüştü. Eğer yanakları biraz daha kızarsaydı kesin patlardı. Üç sebepten dolayı kızgındı. Birincisi, helikopteri çalınmıştı. İkincisi, aptal yerine konmuştu. Üçüncüsü, küçük bir çocuk tarafından aptal yerine konmuştu.

Major Raki başıyla onayladı, ama tek kelime etmedi. Albay Zinfandel sinirlendiğinde sessiz kalmak mantıklı bir davranıştı.

Albay Zinfandel bir dizi emir yağdırdı. Helikopterin durdurulmasını istiyordu. Çocuğu cezalandırmak istiyordu. Öyle bir ceza vermeliydi ki korkunç acılar çekmeliydi. Albay Zinfandel, Major Raki'ye baktı ve "Bundan sonra hiç kimse helikopterimi çalmaya cesaret edemeyecek," dedi.

"Evet efendim."

"Çünkü başlarına gelecekleri bilecekler."

"Evet efendim."

"Söylediklerimi anlıyor musun?"

Major Raki başıyla onayladı. "Kesinlikle anlıyorum efendim."

"Öyleyse ne bekliyorsun?"

Major Raki topuklarını birbirine vurdu, selam verdi ve pistin diğer yanına doğru aceleyle ilerledi.

Birkaç adım ileride Sir Cuthbert Miranda'yı sorguluyordu.

"Bu hiç mantıklı değil," dedi Sir Cuthbert. "Bu küçük çocuk... helikopter kullanıyor. Bunu neden yapsın ki? Ve bunu nasıl yapabilir? Helikopter kullanmayı nereden biliyor?"

"Bilmiyorum efendim," dedi Miranda.

"Sıradışı bir olay," diye homurdandı Sir Cuthbert.

"Evet efendim."

Sir Cuthbert Miranda'ya baktı. "Helikopter kullanmayı biliyor musun?"

"Hayır efendim."

"Ben de öyle. Peki, bu küçük çocuk nasıl biliyor?" Sir Cuthbert kaşlarını çattı. "Casus değildir, değil mi?"

"Bu kesinlikle mümkün, efendim."

"Eğer casussa, umarım bizden biridir."

"Evet efendim."

Sir Cuthbert kendi kendine başını salladı. "Onun gibi birkaç arkadaşı kullanabiliriz."

"Helikopter kullanan on iki yaşında çocukları mı?"

"Çok işe yararlardı, sence de öyle değil mi?"

"Sanırım yararlardı, efendim."

"Çok işe yararlardı, çok."

"Gizli Servis Başkanı'na bir not göndermemi ister misiniz?"

"İyi fikir," dedi Sir Cuthbert. Sonra yüzündeki gülümseme soldu. "Ah Tanrım! Dışişleri Bakanı ne diyecek?"

"Ne hakkında, efendim?"

"Küçük çocuğu kaybettik, değil mi? O uçağa binmesi gerekiyordu. Londra'ya gidip ailesine kavuşması gerekiyordu. Heathrow Havaalanı'nda bekleyecekler. Aman Tanrım. Sanırım Dışişleri Bakanı çılgına dönecek."

Sir Cuthbert ellerini çırptı. "Haydi Miranda. Oyalanacak vakit yok. Onu bulmamız gerek."

"Evet efendim," dedi Miranda. "Peki onu nasıl bulacağız efendim?"

"Bir fikrim var," dedi Sir Cuthbert. "Beni takip et."

Birlikte Albay Zinfandel'in bulunduğu tarafa geçtiler.

Tam Major Raki'nin oradan ayrıldığı sırada gelmişlerdi. Albay Zinfandel'in yüzü hâlâ sinirden kıpkırmızıydı. Onunla sohbet etmek için en doğru zamanın bu olmadığını herkes görebilirdi. Ama Sir Cuthbert'in başka şansı yoktu. Sir Cuthbert oldukça sinirli bir ifadeyle, "Ah Albay Zinfandel! Nasılsınız?" dedi.

"İyi değilim," diye yanıtladı Albay Zinfandel. "Hiç iyi değilim."

"Bunu duyduğuma çok üzüldüm," dedi Sir Cuthbert. "Konu şu ki, sanırım küçük bir problemimiz var. Şu çocuk, Timothy Malt. Onu hatırlıyor musunuz? Tabii ki hatırlıyorsunuz. Şey, onu bir şekilde İngiltere'ye geri göndermeliyiz. Anlıyor musunuz, anne ve babası onu bekliyor ve eğer çok beklemeleri gerekirse Dışişleri Bakanı çok sinirlenecek."

"Evet, haklısınız," dedi Albay Zinfandel. "Timothy Malt, bir sorun. Büyük bir sorun. Neyse ki bu problem için mükemmel bir çözüm geliştirdim."

"Ah, öyle mi? Gerçekten mi?"

"Gerçekten."

"Muhteşem," dedi Sir Cuthbert. "Peki, çözümünüz tam olarak nedir?"

"Savaş uçaklarımdan biri arkasından gidecek ve bir füzeyle onu yere indirecek. Küçük Timothy Malt, büyük bir patlamada ölecek." Albay Zinfandel kıkırdadı. Sonra ne kadar öfkeli olduğunu hatırladı ve derhal kıkırdamayı kesti.

Sir Cuthbert, "Ee, şey. Ee. Aslında bunun o kadar da iyi bir fikir olduğunu düşünmüyorum," dedi.

"Bu çok iyi bir fikir," dedi Albay Zinfandel.

"Hayır, hayır," dedi Sir Cuthbert. "Bu çocuğu tehlikeye atmamanız konusunda sizi uyarmalıyım. O çocuğa herhangi bir zarar gelirse, Majesteleri'nin hükümeti istemeden tam güç kullanmak zorunda kalacaktır."

Albay Zinfandel dimdik durdu. Gurur ve öfke Albay Zinfandel'i etkileyici bir adam haline getiriyordu. Ağzından şu sözcükler çıktı: "Ama helikopterlerimden birini çaldı!"

"Olabilir," dedi Sir Cuthbert. "Ancak yine de o bir İngiliz vatandaşı. Birleşik Krallık tarafından ne pahasına olursa olsun korunacaktır."

"Ne pahasına olursa olsun?"

"Evet."

Albay Zinfandel gülümsedi. "Gerçekten mi? Peki ya onu bir füzeyle öldürürsem? O zaman ne yapacaksınız?"

"Ne gerekirse yapacağız," diye yanıtladı Sir Cuthbert.

"Ne isterseniz yapın." Albay Zinfandel bunları söyledikten sonra topuklarının üzerinde dönerek oradan uzaklaştı.

"Ulu Tanrım!" dedi Sir Cuthbert. Albay Zinfandel'in uzaklaşan silüetini izledi. "Hay aksi! Şimdi ne yapacağız?"

"Bilmiyorum efendim." Miranda pistin diğer yanını işaret etti. "Ama bir an önce bir şeyler yapsak iyi olur. Bakın!"

Sir Cuthbert, Miranda'nın gösterdiği yöne baktı.

Pistin diğer yanında iki jet hızlanmaktaydı. Motorları kükrüyordu. Bir bir havalandılar. Roket hızıyla havaalanından uzaklaşıp helikopterin gittiği yöne doğru uçtular.

"Ah Tanrım!" Sir Cuthbert jetlere bakakaldı. "Ne yapacaklar?"

"Onu yere indirecekler efendim," dedi Miranda.

"Durdur onları! Durdur onları!"

"Hemen efendim," dedi Miranda. Arkasını döndü ve Elçilik araçlarının durduğu park yerine doğru koşmaya başladı.

Yalnız kalan Sir Cuthbert kafasını iki yana salladı. Pistte hızlanan iki jet daha gördü. "Ah Tanrım!" diye mırıldandı Sir Cuthbert. "Dışişleri Bakanı şimdi ne diyecek?"

24. Bölüm

Havada kaldığı her dakika Tim uçuş becerisini ilerletiyordu. Daha düzgün ve daha az yalpalayarak ilerliyordu. Gerçek bir helikopteri kullanmanın, bilgisayardakilerden çok da farklı olmadığını fark etmişti.

Tabii ki, büyük bir fark vardı. Bir helikopteri bilgisayarda düşürürsen, bir tuşa basarsın ve deposu yakıtla, içi cephaneyle dolu yepyeni bir helikopterle aynı oyunu tekrar oynarsın. Ama gerçek bir helikopteri düşürürsen, hiçbir zaman ikinci bir şansın olamaz. Ama Tim bunları düşünmemeye çalışıyordu.

Yeryüzünden yaklaşık beş yüz fit yükseklikte uçuyordu. Eğer direklerin, kulelerin ve gökdelenlerin yakınından geçiyor olsaydı, beş yüz fit çok alçak sayılabilirdi. Ama şehir dışındaki bir otoyolun üzerindeydi ve görebildiği yapılar yalnızca çiftlik evleri, çitler ve barakalardı.

Ufukta devasa, geniş, gri bir bina gördü. Onu tanımıştı. Bu, şoförün gösterdiği hapishaneydi. Raffifi kardeşleri bulacağı yer burasıydı. Tim, soldaki pedala bastı, helikopteri yavaşça sola yatırdı ve hapishaneye doğru ilerledi.

Hızlı gidiyordu. Üç ya da dört dakika sonra hapishanenin üzerinde vızıldamaya başlamıştı. Aşağıda, dış duvarların, halka şeklinde kıvrılmış dikenli tellerle kaplı olduğunu görebiliyordu.

Hapishane, kale gibi korunuyordu: İlk yüksek duvardan sonra bir hendek vardı. Sonra iki yüksek duvar daha görünüyordu. Tim duvarların üzerinde uçarak inecek bir yer aradı.

Hapishanedeki her camda parmaklıklar vardı. Her kapı kilitliydi. Her koridor iki üniformalı gardiyan tarafından korunuyordu ve her korumanın bir silahı, copu ve üç çift kelepçesi vardı. Vilnetto Hapishanesi'nden şimdiye kadar hiç kimse kaçamamıştı. Neyse ki, Tim bunu bilmiyordu. Yoksa helikopteri döndürür ve aksi istikamete doğru ilerlerdi.

Tim, bahçenin üzerinde duruyordu. Burası, inmek için iyi bir yere benziyordu. Sonra bir şey hatırladı.

Nasıl inileceğini bilmiyordu.

Tim, helikopter kullanmayı biliyordu. Bilgisayarında füze fırlatmayı ve bomba atmayı becerebiliyordu. Kulelerin etrafından süzülüp ağaçlara dokunmadan ilerleyebiliyor ve diğer helikopterlerle savaşabiliyordu. Ama nasıl inileceğine dair hiçbir fikri yoktu.

"Sıkı tutun," dedi Grk'a. "Biraz sıkıntılı olabilir."

Grk pencereden dışarı baktı ve kuyruğunu salladı. İyi vakit geçiriyordu.

Tim iyice konsantre olmuştu. Pedalları ve kolları kullanarak gittikçe alçaldı. Bahçede, havaya bakakalmış birkaç mahkûm ve gardiyan vardı. Ona bakıyorlardı. Tim'in onları düşünecek vakti yoktu. Kontrol kollarıyla mücadele ediyordu.

Grk havladı.

"Tamam, tamam," dedi Tim. "Az kaldı."

Grk yeniden havladı. Bahçenin köşesinde iki küçük silüet vardı. Grk, bu silüetleri tanımıştı. Ona el sallamalarını umarak elinden geldiğince yüksek sesle havlıyordu. Ama el sallamadılar, o yüzden de Grk daha yüksek sesle havlamaya başladı.

Tim, kolektif kontrol kolunu ileri doğru itti. Helikopterin burnu aşağı doğru eğildi ve yere doğru pike yaptılar. Grk yerinden kayarak ön cama çarptı. Ciyakladı.

Yer, hızla onlara doğru geliyordu.

Tim, kolektif kontrol kolunu tekrar geri çekti. Helikopter bahçenin üzerinde, betonun bir iki fit üzerinde patinaj yapmıştı. İnsanlar hayatlarını kurtarmak için kaçıştılar.

Grk hızla helikopterin arkasına doğru savruldu, koltukta zıpladı ve başını Tim'in dirseğine vurunca kontrol kolunu ileriye doğru itmiş oldu.

"Hayır!" diye bağırdı Tim.

Ama bunun için çok geçti. Helikopter baş aşağı inişe geçmişti. Ön camdan tamamen beton zemin görünüyordu. Son anda, tam yere çakılmadan önce, Tim kontrol kolunu aniden geri çekti. Helikopter yükseldi. Birkaç santimetre daha yükselirlerse kurtulacaklardı. Kıl payı atlatmışlardı. Kıl payı, yani tam değil. Helikopterin kuyruğu yeri kazımış ve parçalara ayrılmıştı. Helikopter yan yattı, yalpaladı ve duvara çarptı.

Bahçenin her yanındaki gardiyan ve mahkûmların ağzı açık kalmış, şoktan yerlerine çakılmışlardı.

Havada cam ve metal parçaları uçuşuyordu. Yağlar, betona yayılmıştı. Yakıt tankından dumanlar çıkıyordu. Alevler, parçalanmış pervaneleri yalıyordu.

Enkazdan iki silüet çıkmaya çalışıyordu. Birisi, küçük bir oğlan çocuğu, elleriyle yüzünü temizledi. Diğeri, küçük bir köpek, silkelendi.

Sonra helikopter, parlak bir ateş topu halinde infilak etti ve iki silüet, simsiyah bir bulutun ardında gözden kayboldu.

Bir helikopterin büyük bir yakıt tankı vardır. Westland Wessex tipi bir helikopter, tankında yaklaşık iki ton yakıt taşıyabilir. Bu yaklaşık kırk araba kadar eder. Kırk araba birden infilak ettiğinde, yüksek bir ses çıkar.

Hapishanenin her yerinde insanlar patlamayı duymuşlardı. Gardiyanlar paniğe kapılmışlardı. Mahkûmlar heyecanlanmıştı. Hepsi, birinin hapishaneyi havaya uçuracağını düşünüyordu.

Hapishane müdürü ofisinde kırmızı telefonunun ahizesini kaldırdı ve destek kuvvet istedi.

Bahçede helikopter çılgınca yanıyordu. Parlak alevler enkazı iyice sarmıştı. Camlar parçalandı ve dağıldı. Metaller yandı ve kıvrıldı. Kilometrelerce ötedeki insanlara bir sinyal verir gibi, havaya dumandan bir kule yükseldi.

Bir askeri helikopter silah ve mühimmatla doludur. Patlamanın ısısı, tüm silahları ateşleyen bir tetik olmuştu. Helikopterin enkazından füzeler fırlıyordu. Her yöne kurşunlar uçuyordu. Kıvılcımlar yayılıyordu. Isınan camlar patlıyordu. Gökyüzünde dumandan bir yol oluşmuştu. Sanki zengin bir adamın doğum günüydü ve havai fişekler fırlatılmıştı.

Hapishanenin her yerinde kurşunlar ve füzeler patlıyordu. Parmaklıklar pencerelerden ayrılıyor, duvarlarda delikler açılıyordu. Yangınlar başlamıştı. Alevler briketleri yalıyordu.

Hapishanenin her yerindeki mahkûmlar, bunun onlar için büyük bir fırsat olduğunu fark ettiler: Eğer duvarlardaki deliklerden atlarlarsa, özgürlüklerine kavuşacaklardı. O yüzden atlamaya başladılar.

Tim'in saçı yanmıştı. Yüzü kapkaraydı. Giysilerindeki deliklerden dumanlar fışkırıyordu. Ayakları üzerinde doğruldu ve Grk'ı aradı.

Arkasındaki, bir zamanlar helikopter olan metal ve kırık cam yığınına baktı. Alevlerin arasından duvardaki deliği görebiliyordu: Patlama duvarı yıkmış olmalıydı. Ama Grk'dan hiçbir iz yoktu.

Arkasını döndü ve diğer yana baktı.

Orada! İşte oradaydı! Bahçenin diğer yanına koşuyordu!

Patlamadan önce Grk'ın tüyleri siyah beyazdı. Şimdi tamamen simsiyah olmuştu. Sanki mangalda ızgarası yapılmıştı. Ama yaşıyordu, özgürdü ve hâlâ çok hızlı koşabiliyordu. Dili dışarı sarkmıştı. Heyecan ve mutluluktan deliye dönmüştü.

Grk bahçede oradan oraya koştu ve köşede durmakta olan biri kız, biri oğlan iki silüete doğru ilerledi. Onlara yaklaşınca, yerden kızın kollarına doğru fırladı.

Natascha Raffifi o kadar şoke olmuştu ki konuşamadı bile. Ama hiçbir şey söylemesine gerek yoktu: Yalnızca Grk'a sarıldı. Gözlerinin kenarında bir çift gözyaşı toplandı ve yanaklarından aşağı süzüldü. Grk, başını kaldırdı. Küçük pembe diliyle kızın gözyaşlarını sildi.

On saniye sonra Tim geldi. Kıza ve oğlana baktı. Kendini beceriksiz hissetti ve utandı. Bu insanlarla tanışmak için yüzlerce kilometre yol katetmişti; ve şimdi onlarla karşılaşmasına rağmen, söyleyecek tek bir kelime bile bulamıyordu.

Belki de, diye düşündü, arkamı dönüp tek kelime etmeden eve gitmeliyim.

Ama bu çok aptalca olurdu. O yüzden gülümsedi ve "Merhaba," dedi.

Raffifi kardeşler ona bakakalmışlardı. İkisinin de kafası çok karışık görünüyordu. Sebebini anlayabiliyorsundur. Tam her zamanki gibi öğlen yürüyüşleri için bahçeye çıkmışlardı ki, gökyüzünden bir helikopter düştü, duvara çarptı ve alevler içinde yanmaya başladı. Bu yetmezmiş gibi, enkazdan kapkara olmuş iki silüet çıktı. Biri köpekleriydi, diğeri de çilli ve İngiliz aksanlı bir çocuktu. Bu tip şeyler her gün başına geliyor mu? Eğer geliyorsa, senin hayatın benimkinden çok daha ilginçmiş.

Şoku ilk atlatan Max oldu. "Sen kimsin?" dedi.

"Köpeğinizi geri getirmeye geldim," dedi Tim. "Bu sizin köpeğiniz, öyle değil mi?"

Tim'in sorusuna bir yanıt vermeye gerek yoktu. Grk'ı görseydin, sahiplerine kavuştuğunu hemen anlardın. Natascha'nın kollarında oturmuş, sanki çikolatayla kaplıymış gibi kızın yüzünü yalıyordu.

O anda alçaktan uçan iki savaş uçağı hapishanenin üzerinde gürledi. Dumanın çıktığı yeri tespit etmişlerdi ve etrafında dönüyorlardı.

Tim, pilotların ne olduğunu tam olarak görebileceklerini fark etti. Destek kuvvet istiyor olmalıydılar. Hatta bombalamaya veya füze saldırısı düzenlemeye hazırlanıyor bile olabilirlerdi. Bahçenin her yanına baktı. Sol köşede üç gardiyan duruyordu. İçlerinden biri telsizle konuşuyordu.

"Tamam," dedi Tim. "Buradan nasıl çıkıyoruz?"

25. Bölüm

Max ve Natascha Tim'e baktılar. Sonra birbirlerine baktılar ve öfke içinde birbirleriyle Stanislavca tartışmaya başladılar. Tim, söylediklerini anlayamıyordu. Bahçeye baktı. Patlamadan sonraki ilk birkaç dakika mahkûmlar ve gardiyanlar şoktan kıpırdayamamıştı. Şimdi kendilerini toparlıyorlardı. Gardiyanlar bir araya geliyordu. Silah ve coplarıyla iri adamlardı. Tim ve Raffifi kardeşler onların karşısında oldukça güçsüz kalırdı.

Tim, "Affedersiniz?" dedi.

Raffifi kardeşler hiç umursamadı. Hatta belki onu duymadılar bile. Tim, biraz daha yüksek sesle, "Merhaba? Merhaba? Beni hatırlıyor musunuz?" dedi.

Raffifi kardeşler o zaman onu duydu, ama ilgilenmediler. Kendi aralarında tartışmaya devam ettiler. Böylece Tim iki elini de kaldırıp bağırdı: "KESİN SESİNİZİ!"

İki çocuk tartışmayı bırakıp ona baktılar. Tim, "Bağırdığım için üzgünüm. Ama tartışacak vakit yok. Buradan hemen şimdi gitmeliyiz!"

Max başını salladı. "Hayır. Bu mümkün değil."

"Nedenmiş o?"

"Çünkü anne babamız da bu hapishanede kilitli. Onlar olmadan gidemeyiz."

Tim, sol elini ağzına götürdü ve tırnaklarını yemeye başladı. Albay Zinfandel'in söylediklerini anımsadı: Max'in anne babası ölmüştü. Bay ve Bayan Raffifi, hapishaneden kaçmaya çalışırlarken vurulmuşlardı.

O anda Tim korkunç bir seçenekle karşı karşıya kalmıştı. Bildiklerini anlatmalı mıydı? Bunu yapamazdı; bu çocuklara anne babalarının öldürüldüğünü söyleyemezdi. O zaman gerçeği bilmiyormuş gibi mi yapmalıydı? O zaman da Max ve Natascha hapishanede kalıp anne babalarını bulmak isteyecek ve onlar da öldürüleceklerdi. Onların ölümü anlamsız olacaktı. Zaten ölü olan iki kişiyi bulmak uğruna ölmüş olacaklardı.

Tim, "Anne babanızı burada asla bulamayız. Eğer şansları varsa kendileri kaçarlar. Buradan çıkmak zorundayız ve bunu hemen yapmamız gerek."

Natascha ve Max birbirlerine baktılar. Yaşamları, Tim'inkinden çok daha karmaşıktı. Yine de bu almaları istenen en zor karardı.

Max, Tim'e baktı. "Sen kimsin? Adın ne?"

Tim bahçeye baktı. Gardiyanlardan biri silahını çekmişti. Bir diğeri de copunu kavramıştı. Tim, "Adım Timothy Malt. Bana Tim diyebilirsiniz. Ama bunun hiçbir önemi yok. Yalnızca buradan gitmemiz gerek."

"Nerelisin? İngiltere mi?"

"Evet."

"Peki kaç yaşındasın?"

"On iki."

Max, Natascha'ya baktı. "Seninle aynı yaşta."

Natascha, "Ne olmuş yani?" dedi.

"Sadece bir çocuk. Bir çocuğun emirlerini dinleyemem."

"Yaşımın önemi yok," dedi Tim. "Önemli olan haklı olup olmadığım."

Max başını salladı. "Kız kardeşimle aynı yaşta! Gerçekten, on iki yaşında birinin emirlerini yerine getireceğimi mi düşünüyorsun?"

"Ben size bir şey emretmiyorum," dedi Tim. "Sadece buradan çıkmak zorunda olduğumuzu söylüyorum. Hem de şimdi."

Max, "Ama seni tanımıyorum bile. Yalancı olabilirsin. Casus olabilirsin."

"Ama değilim."

"Bunu sen söylüyorsun. Doğru söylediğini nereden bilebilirim? Sana neden güveneyim?"

"Bize Grk'ı getirdi," diye atıldı Natascha. "Bunu yaptıysa, ona güvenmekten mutluluk duyarım." Biricik köpeğini yere indirdi. Grk ortalıkta dönüp neşeyle havladı. "Haydi," dedi Natascha ve elini Tim'e uzattı. "Haydi gidelim. Max kalmak istiyorsa kalabilir."

Tim, Natascha'nın elini sıkıca kavradı. Birlikte, hâlâ kapkara dumanlar salan helikoptere doğru koştular.

Max, gidişlerini seyretti.

164

Ne yapmalıydı? Üç tane silahlı gardiyanla mı dövüşecekti? Yoksa daha önce hiç görmediği on iki yaşında çilli bir çocuğa mı güvenecekti?

Bahçeye baktı ve yüksek duvarları gözüne kestirdi. Bildiği kadarıyla anne babası hâlâ o hücrelerden birinde, parmaklıklı pencerelerin ardında bir yerlerde kilitli tutuluyordu.

Onları terk etmek, o ana kadar yaptığı en kötü şeymiş gibi geliyordu. Ama bunu yapması gerektiğini iyi biliyordu. Başka seçeneği yoktu.

Yüksek duvarlara bakıp sessizce bir şeyler söyledi. Törendeymiş gibi bir söz verdi. "Söz veriyorum," dedi, "geri gelip sizi alacağım. Ne pahasına olursa olsun, anne baba, sizin için geri geleceğim."

Max bu cümleleri kendi zihninde kurmuş olsa da, onları, avazı çıktığı kadar bağırırmışçasına net duyuyordu.

Sonra diğerlerinin ardından hızla koşmaya başladı.

26. Bölüm

Hapishane, üç binden fazla mahkûmun kaldığı devasa bir binaydı. Mahkûmların bazıları katildi. Bir kısmı hırsızdı. Bazıları vergilerini ödememişti. Diğerleriyse, Albay Zinfandel'i eleştirmekten başka bir şey yapmamıştı.

Albay Zinfandel ülkeyi ele geçirdiğinde, askerlerini gönderip düşmanlarını tutuklattı, kelepçeletti, hepsini askeri araçlara doldurtup hapse tıktı. Albay Zinfandel'in çok fazla düşmanı vardı, bu yüzden de hapishane son derece kalabalıktı.

Şimdi, patlamadan sonra tüm mahkûmlar aynı fikirdeydi: Özgür olmak istiyorlardı. Katiller, hırsızlar, vergi kaçıranlar, Albay Zinfandel düşmanları ve geri kalanlar; hepsi özgürlüklerini istiyordu. Koridorlarda bağırıp çağırarak koşuyor, bir çıkış yolu arıyor ve duvarlarda özgürlüklerine açılan delikleri arıyorlardı.

Peki ya gardiyanlar? Mahkûmları gözetlemeleri gerekmiyor muydu?

Gardiyanların çoğu sağduyulu adamlardı. Ne zaman yenildiklerini bilirlerdi. Gardiyanlık, onların yalnızca işiydi ve bu işi yaparken öldürülmek istemiyorlardı. O yüzden kendilerini hücrelere kapattılar ve destek kuvvetlerin gelmesini beklediler.

"Buradan," dedi Tim. "Beni takip edin."

Raffifi kardeşlere yolu gösterip bahçeyi geçti ve için için yanan helikoptere doğru yöneldi. Alevler, kırılmış metalin üzerinde geziniyor ve kara dumanlar gökyüzünde ilerliyordu. Hava sıcaktı. Sıcaklığın yanaklarını ve alınlarını kızarttığını hissedebiliyorlardı.

"Aşağıdan," dedi Tim. "Çabuk! Çok vaktimiz yok."

Max, dumanın ardını görmeye çalışıyordu. "Bizi nereye götürüyorsun?"

"Buradan dışarıya," dedi Tim ve Natascha'yı ileri doğru itti.

Her adımda ısı yükseliyordu. Bu, pişirilmek gibi bir şeydi. Korlar ayaklarının altını yakıyordu. Tim diğerlerinin onu takip edip etmediğini görmek için bir an durduğunda, ayakkabıları erimeye başladı; yere baktı ve ayaklarından çıkan dumanı gördü. Ayaklarını oradan oraya sürtüp koştu. Eğer hareketsiz kalsaydı erimiş ayakkabıları onu yere yapıştıracaktı.

"Şu delikten," diye fısıldadı Natascha'ya ve briketlerin arasındaki bir deliği gösterdi. Patlama, hapishane duvarında bir delik oluşturmuştu. Bu arada Tim hapishanenin üzerinden uçarken gördüklerini hatırlamıştı; bir duvar, sonra hendeğin üzerinde bir köprü ve sonra başka bir köprü daha olmalıydı. Ondan sonra özgür olacaklardı.

Grk, tüm ipleri bir anda çekilen bir kukla gibi ortalıkta dans ediyordu. Ayakkabıları olmadığı için korlar patilerinin altını yakıyordu. Natascha duvardaki delikten geçmeyi başardığında, Grk da minnettar bir şekilde arkasından zıpladı. Diğer tarafta Natascha üzerindeki tozları silkeleyip elbisesindeki briket parçalarını temizledi. Grk da ayaklarının dibinde oturup yanmış patilerini yalıyor ve salyasıyla onları soğutmaya çalışıyordu.

Max, delikten geçti. Tim, en son atlayan oldu. Etrafına bakındı. Dar bir geçitte bekliyorlardı. Her iki yanda da yüksek, penceresiz duvarlar gökyüzüne uzanıyordu.

Max geçidin her iki yanına baktı. "Hangi yöne? Bu tarafa mı? Yoksa şu tarafa mı?"

Tim ne yöne gidileceğini bilmiyordu: Geçidin her iki yönü de birbirinin tıpatıp aynısıydı. Ancak, bu soruyu daha yanıtlayamadan, karar onun için verilmişti bile. Geçidin diğer tarafında dev gibi bir adam belirmişti. Bacakları telgraf direkleri kadar kalındı ve elleri tıpkı pembe muz salkımlarını andırıyordu. Gardiyan üniforması giymişti ve bir copu vardı. Çocuklara doğru koşmaya başladı.

"Hayır, olamaz," diye fısıldadı Natascha. Korku içinde gardiyana bakıyordu. "Şimdi ne yapacağız?"

Gardiyan copunu sallıyor ve bacaklarının izin verdiği hızla onlara doğru ilerliyordu.

"Bilmiyorum," dedi Tim. "Kalıp savaşalım mı? Yoksa kaçalım mı?"

"Kalıp savaşalım," dedi Max. Yumruklarını kaldırıp gardiyanın onlara ulaşmasını bekledi.

Natasha'nın ayaklarının dibinde durup dudaklarını yalayan Grk, bir anda hırlamaya başladı. Eğer savaşılacaksa o hazırdı!

Tim, dövüşmekten pek hoşlanmıyordu. Ama ödlek gibi görünmek de istemiyordu. Böylece o da yumruklarını kaldırdı ve bekledi.

Gardiyan onlara doğru koştu. Çocuklara ulaştığında, durmadı. Elinden geldiğince hızlı koşmaya devam etti ve yanlarından geçip gitti.

Çocuklar şaşkın ve kafaları karışmış halde birbirlerine bakakaldılar.

Köşeden başka bir adam göründü ve o da çocuklara doğru koşmaya başladı. Bağırıp çağırıyordu. "Geri gel! Buraya geri gel!" Sağ elinde, kafasının üzerinde çevirip durduğu bir sopa vardı. "Gel buraya! Seni korkak şişko! Gel de seni bir güzel döveyim!"

Onun arkasında başka bir adam göründü. Sonra başka bir tane daha. Sonra iki daha. Beş daha. On daha. Adamların her biri eğreti bir silah tutuyordu: Bir sopa, sandalye bacağı, bükülmüş bir demir parmaklık. Bunlar, öndeki gardiyanın elinden çok çekmiş olan mahkûmlardı. Şimdi, öçlerini almaya kararlıydılar.

Çocukların yanından geçip gittiler ve geçidin ucuna kadar gardiyanı takip ettiler.

Max ve Natascha birbirlerine baktılar. Sonra da heyecanla olanları konuşmaya başladılar.

"Konuşacak vakit yok," diye sözlerini kesti Tim. "Beni izleyin!"

Adamların arkasından koşmaya başladı. Natascha ve Grk onu takip etti. Bir anlık tereddütten sonra Max de öyle yaptı.

Geçitte önce sağa, sonra sola koştular ve ikinci bir bahçeye çıktılar. Bir mahkûm ordusu da onlarla aynı yöne koşuyordu: Kırılıp açılan ve parçaları sallanmakta olan ahşap kapıya doğru.

"Nereye gittiklerini biliyor gibiler," dedi Tim. "Haydi onları takip edelim. Kapıdan. Tamam mı?"

Max ve Natascha başlarıyla onayladı.

Çocuklar, mahkûmlara katılıp kapıdan geçtiler. Diğer tarafta, çocuklar ve mahkûmlar yoldan aşağı doğru hızla koştular. Hendeği geçen köprünün üzerinde ilerlediler.

Köprüden sonra yol birkaç adım daha devam etti ve sonra bitti. Yolu devasa bir demir kapı kesmişti. Bu kapıyı devirip geçebilirdin; ama sadece bir buldozer falan kullanıyorsan.

Kapının diğer tarafında özgürlük vardı. Bu tarafında ise öfkeli adamlar neşeli şarkılar söylüyorlardı. Kalabalığa her saniye yeni adamlar ekleniyordu. Onların arasında Tim ve Raffifi kardeşler kendilerini çok gergin hissediyorlardı.

Kapının üzerinde bir gözetleme kulesi vardı. Gardiyanlar gece gündüz bu kulede bekler ve dürbünleriyle hapishane duvarlarından birilerinin kaçıp kaçmadığına bakarlardı. Şimdi iki gardiyan aşağıdaki kalabalığa bakıyordu. Her iki gardiyanın da elinde tüfekler vardı. Bir merdiven kuleye çıkıyordu, ama oraya çıkmaya kimse cesaret edemezdi; gardiyanların tırmanan herkesi, hem de daha ilk basamakta, anında vuracağından hiç kimsenin şüphesi yoktu.

Tim, önce gardiyanlara, sonra da kalabalığa baktı. Mahkûmlar pisti ve birçoğu zalim görünüyordu. Bunlardan kaç tanesinin katil olabileceğini merak etti. Kaçı banka soymuştu? Kaç tanesi binaları havaya uçurmuştu? Şimdiden çok öfkeliydiler. Daha da öfkelendiklerinde neler yapabilirlerdi? Dövüşürler miydi? Öldürürler miydi? Tim, bir saniye için yatak odasını, bilgisayarını, mutfaktaki yuvarlak halka bisküvilerini düşündü. Burada ne işi vardı? Neden evde oturup halka bisküvilerinden yiyerek bilgisayarında oyun oynamıyordu?

Elinde bir el hissetti. Bu Natascha'ydı. Elini sıkıp ona fısıldıyordu, "Korkma."

"Korkmuyorum," dedi Tim.

Natascha omuzlarını silkti. "Ben korkuyorum."

Tim başıyla onayladı. "Aslında, ben de."

Birbirlerine sırıttılar.

O anda Max onları itip kafasını kaldırdı ve gardiyanlara bağırdı, "Hey! Siz!" Max'in bir fikri vardı. Ancak, kalabalığın gürültüsünden kimse onu duyamıyordu. O yüzden Max iyice yüksek sesle bağırdı. "Susun! SUSUN!"

Kimse onu dikkate almadı.

Tim, Max'in sırtına dokundu ve "Ne dediğini anlayabiliyorum," dedi.

"Ne olmuş yani?"

"İngilizce konuşuyorsun."

"İyi bir nokta," dedi Max. Bir kez daha bağırdı. Bu kez kendi dilinde bağırıyordu. (Bundan sonraki diyalogu ben buraya çevirerek aktaracağım.) Max, avazı çıktığı kadar "SUSUN! SUSUN!!!" diye bağırıyordu.

Kalabalık sessizliğe gömüldü. Herkes etrafına bakınıyordu. Şoke olmuşlardı. Biz katiliz, araba hırsızı ve vergi kaçakçısıyız, diye düşünüyorlardı. Bize sessiz olmamızı söylemeye kim cesaret edebilir? Arkalarını döndüklerinde, daha da fazla şoke olmuşlardı.

Max, bu sessizlikte iki gardiyana seslendi. "Siz ikiniz! Gardiyanlar! Beni duyabiliyor musunuz?"

Gardiyanlardan biri aşağı doğru bağırdı. "Evet. Neden? Ne istiyorsun ufaklık?"

"Size son kez söylüyorum: Kapıları açın ve bizi buradan çıkarın."

Bu sözleri duyduklarında, iki gardiyan da kahkaha attı. Biri eğilip Max'e seslendi, "Ordu beş dakika içinde burada olacak. Eğer hayatta kalmak istiyorsan küçük çocuk, hücrene koş."

"Çıkarın bizi! Açın kapıları!"

Gardiyanlar kahkaha attı. Bu kez diğer gardiyan bir adım öne gelip seslendi, "Kapıları açmak mı? Sizin için mi? Hem niçin açacakmışız? Sen kim olduğunu zannediyorsun?"

Max dimdik durup boyunu gösterdi ve bağırdı, "Adım Max Raffifi ve ben şerefli bir adamım."

Bu sözleri söyleyince, birkaç adamın kıkırdadığını veya kıs kıs güldüğünü düşünebilirsin. Max, bir adam değildi; bir oğlan çocuğuydu. Etrafını saran kocaman, kaslı adamlarla karşılaştırıldığında, çelimsiz ve narindi. Ama öyle bir ağırbaşlılıkla konuşuyordu ki hiç kimse gülümsemedi bile.

Max gardiyanlara bağırdı, "Beni duyuyor musunuz?"

Gardiyanlar başlarıyla onayladı. Biri bağırdı, "Hücrenize geri dönün! Ordu her an burada olabilir!"

Max başını iki yana salladı. "Hücrelerimize dönmüyoruz. Size bir seçim şansı veriyoruz. Hepsi bu." Yüksek sesle, yavaş

yavaş ve herkesin onu duyabilmesi için tane tane konuşuyordu. "İki seçeneğiniz var; sadece iki. İlk seçenek şu. Kapıyı açarsınız ve bizi dışarı çıkarırsınız."

"Hiç şansın yok," diye bağırdı gardiyan.

Max devam etti. "İkinci seçenek de şu. Biz oraya çıkarız ve hak ettiğiniz cezayı veririz."

Gardiyanlardan biri güldü. "Bence bir şeyi unutuyorsun." Tüfeğini havada salladı. "Bize yaklaşırsanız sizi öldürürüz."

"Biliyor musunuz, sizi şimdi de vurabiliriz," dedi diğer gardiyan ve tüfeğini Max'e doğrulttu.

Max gülümsedi. Korkmamıştı. Bağırarak, "Tüfeğinizde kaç kurşun var? Altı mı?" dedi.

Gardiyan kafasıyla onayladı. "Aynen öyle ufaklık."

Max devam etti. "İki tüfeğiniz var. Her bir tüfeğin altı kurşunu var. İkiniz ancak on iki el ateş edebilirsiniz. O yüzden, beni vurabilirsiniz. Ve benden sonra on bir kişiyi daha vurabilirsiniz. İçimizden on iki kişiyi öldürürsünüz. Peki, ya gerisini ne yapacaksınız?"

Gardiyanlar yanıt vermedi. Sessizlik içinde aşağıda bekleyen öfkeli kalabalığa baktılar ve kaşları endişeyle eğildi. Gözetleme kulesinin altında iki ya da üç yüz mahkûm toplanmıştı ve her saniye köprüden daha fazla adam geçip onlara katılıyordu. Max haklıydı. Gardiyanlar on iki mahkûmu öldürebilirdi; ama üç yüz kişinin içinde on iki kişinin ne önemi vardı?

Etrafındaki herkes Max'e hayranlıkla bakıyordu. Üç ya da dört tanesi ileri atıldı ve sırtını sıvazladı. Kısa boylu, narin, çelimsiz ve on beş yaşında olabilirdi. Nasıl banka soyulacağını veya araba çalınacağını bilmiyor olabilirdi. Ama kafası iyi çalışıyordu ve onu nasıl kullanacağını çok iyi biliyordu.

Gözetleme kulesinde iki gardiyan kafa kafaya verip bir şeyler mırıldandılar. Seçim yapmak çok uzun vakitlerini almadı. Başka bir söz etmeden bir tanesi gözetleme kulesinin diğer yanına koştu ve kırmızı bir düğmeye bastı.

Kapılar yanlara doğru açıldı.

Mahkûmlar bir zafer kükremesiyle ilerlemeye başladılar.

27. Bölüm

Üç çocuk da o insan dalgasıyla savruldu.

Çocuklardan her biri farklı bir yöne gitti. Saniyeler içinde birbirlerini gözden kaybetmişlerdi. Tıpkı şiddetli bir fırtınada kaybolmuş küçücük tekneler gibi onlar da yönlerini tayin edemiyorlardı; sadece rüzgârın onları istediği yere götürmesine izin vermişlerdi. Büyük dalgalarla aşağı çekilmeye çalışarak merakla fırtınanın onları nereye götüreceğini görmeyi beklediler.

Tim, suyun altına çekildiğini hissetti. Su kollar, bacaklar ve vücutlardan oluşuyordu, ama yine de onu boğacak gücü vardı. Üzerine basılabilir, yüzeyin altına çekilebilir ve boğulabilirdi. Dar kapıların yaklaştığını görünce derin bir nefes aldı. Biliyordu ki bu adamlar kapıdan geçerken birbirlerine daha da sıkı sokulacaklardı.

Çocuklar geri kalan herkesten daha küçük oldukları için, insan etinden yapılma dalgalarda battılar. Birbirlerini kaybettiler. Tim diğerlerini görebilmek için etrafına baktı ama hiçbir şey göremedi. Kafasını bile zor kımıldatıyordu. Adamlardan birinin kaslı kolları ve bir diğerinin kalın bacakları arasında ezilmişti. Nefes alamıyordu; ciğerlerine bu kadar oksijen depolamamış olsaydı belki de boğulabilirdi. Yürümüyordu bile; sadece vücutların basıncı onu alıp yerden kaldırıyor gibiydi.

Ciğerleri acıyordu. Patlayacakmış gibi gergindiler. Umutsuzca nefes almaya çalıştı, ama o kadar sıkışmıştı ki bunu beceremiyordu.

Buraya kadarmış, diye düşündü Tim. Şimdi öleceğim. Beni çiğneyip geçecekler.

Yardım için bağırmaya çalıştı, ama sanki ağzından hiç ses çıkmıyordu. Hatta bacaklarını ve kollarını artık kullanamıyordu bile, çünkü her iki yandan da sıkıştırılıyordu.

Ölüyorum, diye düşündü tekrar.

Ölmenin nasıl bir duygu olduğunu merak etti. Canını acıtmayacağını umut etti.

O anda, kapılardan geçti.

Yalnızca birkaç adım ötede Grk da kapılardan geçiyordu. Kimsenin göremeyeceği kadar yere yakın olan Grk, insanların bacaklarının arasına sıkışmıştı. Grk viyaklıyordu ama onu kimse duymuyordu. Etrafını saran ayak ormanından çıkmayı ümit ederek önündekileri itekliyordu.

Mahkûm dalgası kapılardan geçti ve engin sarı mısır tarlalarına ulaştı. Tepelerinde güneş, parlak mavi gökyüzünde parıldıyordu. Mısır tarlaları ufuk çizgisine kadar varıyor, ekinler esintiyle birlikte salınıyordu.

Tim, kendini şişeden fırlayan bir mantar gibi hissetmişti. Kalabalık kapıdan çıkarken, o da öne atılmıştı. Dengede durabilmek için mücadele etti ve ağrıyan ciğerlerine derin bir nefes çekti. Öksürdü ve aksırdı, sonra bir başka uzun nefes aldı.

Etrafındaki mahkûmlar sendeleyip durdular ve sessizce manzaraya baktılar. Bazıları yirmi yılı aşkın süredir hücredeydi. Yirmi yıldır gökyüzünü yalnızca pencerelerindeki parmaklıkların ardından görebilmişlerdi. Yirmi yıldır, rüzgârla sağa sola salınan bir mısır tarlasının doğal güzelliğiyle karşılaşmamışlardı. Bu tür manzaraları yalnızca rüyalarında görmüşlerdi. Şimdi, etraflarına bakarken, bu güzellik karşısında donakalmışlardı.

Tim, yakınında duran bir adam fark etti.

Adam iri kıyımdı. Dehşet vericiydi. Onu yolda görseydin, yanından geçip gidene kadar bir arabanın arkasına saklanırdın. Kolları Tim'in kafasından daha genişti. Çıplak derisinin üzerinde rengârenk dövmeler vardı: Ayak bileklerine tuhaf semboller çizilmiş, ellerine tuhaf sözcükler yazılmış ve boynuna kırmızı bir yılan dolanmıştı. En kötüsü yüzüydü: Siyah gözleri, pek çok kez kırılmış bir burnu ve yanaklarını boydan boya geçen yara izleri vardı. Korkunç görüntüsüne karşın, onun da manzaranın güzelliğiyle büyülenmiş olması Tim'i çok şaşırtmıştı. Belki bir katildi, belki bir hırsız ya da terörist; ama yine de, gün ışığına ve mısır tarlalarına bakan bu adam, dövmeli elini kaldırıp gözlerine götürdü ve bir damla gözyaşını sildi.

Tim birinin koluna dokunduğunu hissetti. Arkasına döndü. Natascha'ydı. Gülümsedi. "İyi misin?"

"İyiyim," dedi Tim. "Sen?"

"İyiyim," Natascha başını salladı. "Kardeşimi gördün mü?"

"Hayır."

İkisi de hâlâ kapılardan akmakta olan mahkûm kalabalığına bakıyordu. Bu çok olağandışı bir görüntüydü. Bu adamların pek çoğu vahşi ve tamamen kötülükle doluydu; ama kapılardan çıkıp da manzarayı gördüklerinde bir dönüşüm gerçekleşmişti. Yüzlerinde şiddet ya da öfkeden eser kalmamıştı ve yüzleri neşeyle parlıyordu.

Tim, "Neden koşmuyorlar? Ne olacağını anlamıyorlar mı?" dedi.

Natascha ona baktı. "Ne olacak?"

"Gardiyanlar destek kuvvet çağırmadı mı?"

"Ama buraya gelmeleri saatler sürer."

"Daha çabuk. Üzerimizden geçen jetleri hatırlıyor musun? Muhtemelen onlar da destek kuvvet çağırmıştır. Birkaç dakika sonra yüzlerce asker burada olur. Tanklar ve tüfeklerle gelirler. Eğer bu adamlar böylece durursa hiç şansları kalmayacak."

Natascha başıyla onayladı ve mahkûmlara baktı. "O zaman ne yapmaları gerekiyor?"

"Olabildiğince hızlı koşmaları gerekiyor," dedi Tim. "Ve tabii bizim de."

"Diğerlerini beklemeyecek miyiz?"

"Elbette," dedi Tim. "Ah şuraya bak! Kardeşin!" Zıplayıp el salladı. "Hey! Hey! Buradayız!"

Onun yanında Natascha da elinden geldiğince yüksek sesle bağırıyordu: "Max! Max! BU TARAFTAYIZ!"

Kalabalığın diğer tarafında, kapılara daha yakın olan tarafta, Max bir grup mahkûmu itmeye çalışıyordu. Birinin onu çağırdığını duydu. "Max! Max!" Durdu ve parmak uçlarında yükseldi. Kafalardan oluşan bir ormanın içinden Tim'i zıplayıp el sallarken görebiliyordu.

Birkaç dakika sonra üçü tekrar bir araya gelmişti. Biri hâlâ kayıptı. "Grk nerede?" dedi Natascha. "Grk'ı gören oldu mu?"

Hiçbiri görmemişti.

"Yakında gelir," dedi Natascha. Sesi kendinden emindi, ama endişeli görünüyordu. Dudaklarını büzüp ıslık çaldı.

Üçü de ıslık çalıp ona seslenmeye başladılar. "Grk! Grk! GRK! GRK!" Natascha, yalnızca kendisinin bildiği bir ıslık çaldı. Bu, üç notanın birleşimiydi: Bir yüksek ton, bir alçak ton, tekrar bir yüksek ton. Grk bu ıslığı tanımış olmalıydı; Natascha'dan başka kimsenin böyle ıslık çalmayacağını biliyordu. Ama onu bulmak için koşup gelmedi.

Max, "Ayrılalım," dedi. "Her birimiz farklı yönlere gidelim."

"Ama çabuk olmamız gerek," diye ekledi Tim. "Çok vaktimiz yok."

"Bence buradan hemen gidelim," dedi Natascha sessizce.

"Gitmek mi?" Max, şaşkınlık içinde Natascha'ya baktı. "Grk olmadan mı?"

"Eğer bizimle gelmek istemiyorsa, burada kalabilir."

Natascha omuzlarını silkti. "Tim'in dediği gibi daha fazla beklersek askerler bizi yakalayacak. Şimdi gitmemiz gerekiyor."

Max endişeli görünüyordu. "Grk'a ne olacak?"

"Hiçbir şey olmaz."

Tim şaşkınlık içerisinde Natascha'ya baktı. "Emin misin? Onu bırakmak seni rahatsız etmiyor mu?"

"Tabii ki ediyor," dedi Natascha. "Ama bizi zaten bir kez buldu, öyle değil mi? Yine bulacaktır."

"Peki ya…?" diye başladı Tim.

Natascha sözünü kesti. "Grk'la ilgili bilmen gereken bir şey var. Küçük olabilir. Aptal olabilir. Ama kendine iyi bakar. Bizden bile iyi bakar."

"O zaman haydi gidelim," dedi Tim. "Ordu her an burada olabilir."

Tim arkasına döndü ve kalabalığı itmeye başladı. Diğer ikisi de onu takip ettiler.

Yürürlerken, Max kolunu Natascha'nın omzuna koydu. Birbirlerine bir bakış attılar. Max, "Onu bulacağız. Söz veriyorum," dedi. Max, Natascha'nın tam olarak ne yapmaya çalıştığını anlamıştı. Grk için herkesin hayatını tehlikeye atmak istemiyordu. Yani, onu arkada bırakmaları gerektiğini biliyordu. Tim ve Max'in hayatını kurtarabilmek için, dünyada en sevdiği varlığın yaşamını feda etmişti.

"Bizi bulacaktır," diye yanıtladı Natascha. "Haydi. Acele edelim."

Üç çocuk birlikte mahkûm kalabalığının içine daldılar. Dövmeli kollar ormanını geçip hapishaneden uzaklaşmalarını sağlayacak yola girdiler.

Mahkûmların hemen ötesinde, aralarda papatyaların büyümüş olduğu yumuşak, yeşil bir çimenlik buldular. Çimenlere büyük bir tabela konmuştu.

VILNETTA PIVLATZ SLAMT
PER FLICZT RECPTITAPZ
VERBADDTEN VISITATEN NABT FLIRCHT

Stanislavca bilmediğine göre, bunu senin için çevireyim:

VILNETTO HAPİSHANESİNE HOŞGELDİNİZ
LÜTFEN DANIŞMAYA GİDİNİZ
RANDEVU ALMADAN ZİYARET ETMEK YASAKTIR

Tabelanın, çimenlerin üzerinde uzun bir gölgesi vardı. Tim ve Raffifi kardeşler bu gölgeye yaklaşırlarken, orada siyah beyaz, katlanmış mutfak önlüğü büyüklüğünde bir şey gördüler. Bu Grk'tı. Tabelanın gölgesine uzanmış şekerleme yapıyor, kendini güneş ışığından koruyordu. Çocukları görünce kuyruğunu güm güm yere vurmaya başladı.

Max yüzünü ekşiterek başını salladı. "Şu köpek! Baş belasından başka bir şey değil!"

"Gel buraya," dedi Natascha. "Grk! Buraya gel!" Kollarını ona doğru uzattı.

Grk hemen ayaklarının üzerinde doğruldu ve çocuklara doğru koşmaya başladı. Natascha yere çömeldi ve Grk'ın sırtını okşadı. "Aferin," diye fısıldadı. "Akıllı oğlum benim."

"Şımartma," dedi Max. "Onu azarlamalısın."

"Neden?"

"Çünkü onu ararken çok fazla zaman kaybettik. Onu daha iyi eğitmiş olsaydın, ıslık çaldığında hemen gelirdi."

"Onu daha iyi eğitmek istemiyorum," dedi Natascha. "Bence olduğu gibi zaten mükemmel."

Max başını iki yana salladı. "Bence şunu asla yapmamalı-" Ama kimsenin, Natascha'nın yapması ya da yapmaması gereken şeyi duyma şansı olmadı, çünkü Tim Max'in sözünü kesti. "Tartışmayı kesin. Haydi gidelim."

"Tartışmıyorum," dedi Max. "Ona köpeğine nasıl bakması gerektiğini söylüyorum. Yoksa hiç öğrenemeyecek."

"Daha sonra söyleyemez misin?"

"Şimdi söylememin ne sakıncası var?"

"Acelemiz var," diye açıkladı Tim. "Hemen şimdi gitmemiz gerekiyor. Tabii askerler geldiğinde hapse tıkılmak istemiyorsanız. Ya da öldürülmek."

Kimse bunun olmasını istemezdi. O yüzden Max tartışmayı kesti, Natascha ayağa kalktı ve dördü birlikte aceleyle hapishaneden uzaklaşmaya çalıştılar.

Onların arkasından mahkûmlar kapılardan akın akın ilerliyorlardı. Kalabalık her saniye büyüyordu.

Birkaç mahkûm mümkün olduğunca hızlı ilerliyor, yoldan aşağı iniyor, mısır tarlalarına atlıyor veya uzun mısırların ardına saklanıyordu. Ama birçok mahkûm kımıldamıyordu. Hapishanenin dışında bekliyorlardı. Gökyüzüne, yola, tarlalara ve sisli ufuk çizgisine bakıyorlardı. Tenlerinde güneşin sıcaklığını hissediyor ve özgürlüğün tatlı havasını soluyorlardı.

28. Bölüm

Tek sıra halinde yürüyorlardı. Max, özellikle önde yürüyor, yolu kolaçan ediyordu. Bir plan yapmışlardı: Max bir araba, kamyon, asker ya da hareket eden herhangi bir şey görürse ıslık çalacaktı. Bu diğerlerinin tarlanın içine zıplayıp mısırların arasına saklanmaları için bir işaretti.

Max hızlı yürüyordu. Diğerleri acele etmeliydi, yoksa geride kalacaklardı. Bu haksızlıktı: Max içlerinde en uzun boylu olanı, futbol ve tenis oynadığı için de en zinde olandı. Hiç dinlenmeye gereksinim duymadan kilometrelerce yürüyebilirdi. Eğer kırlarda zevk için yürüyor olsalardı, Natascha şikâyet eder ve Max'i yavaşlaması için zorlardı. Ama zevk için yürümediklerini biliyordu: Hayatlarını kurtarmak için yürüyorlardı. O yüzden, Max'in ardından yürüdü. Hava çok sıcak, giysileri terden ıpıslaktı, ama hiçbiri mızmızlanıp söylenmiyordu.

Natascha Tim'in yanında yürüyordu. "Ta Londra'ya kadar yürümek zorunda mı kalacağız?" diye fısıldadı.

"Bilmiyorum," diye yanıtladı Tim. "Umarım öyle olmaz."

"Bence de. Sence ne kadar sürerdi?"

"Bilmiyorum." Tim bir süre düşündü. "Bir ay falan, sanırım."

"Bir ay mı?" Natascha dehşete düşmüştü. "Bir ay boyunca yürüyemem."

"Bir şey olmaz. Sandığından daha güçlüsün."

Natascha başıyla onayladı. "Sanırım haklısın." Kafasını öne eğdi ve yürümeye konsantre oldu.

Aslında Tim bir şey olmayacağından o kadar da emin değildi. Kızgın güneşin altında kalın giysileri onu boğuyordu. Kazağını çıkardı, ama hâlâ çok sıcaktı. Alnından ter damlıyordu. Bacakları ağrıyordu ve yürümeye daha yeni başlamışlardı. Bir ay boyunca yürüyebilir miydi? Kesinlikle hayır. Bir gün boyunca yürüyebileceğinden bile emin değildi. Normalde yalnızca okuldan eve yürürdü. Ama diğerlerine örnek olmak için, şikâyet etmeden yürüdü. Düşünmemeye çalışıyordu; yalnızca kafasını öne eğdi ve bir ayağını öne attı, sonra da diğerini. Bir ayak, sonra bir ayak daha.

Grk'ın küçük pembe dili ağzından dışarı sarkıyordu ve nefes nefese kalmıştı. Çok terlemişti. Kalın kürkten bir kaban giymişti ve onu çıkaramıyordu. Ama Grk şikâyet edecek bir köpek değildi. Tıpkı sahibi gibi, o da başını öne eğip yola konsantre oldu.

Ön taraftan bir ıslık duyuldu.

Bu Max'ti. Yolun ilerisinde bir hareket görmüştü. Sola daldı ve mısır tarlasının içine gömüldü.

Tim yoldan aşağı atladı. Natascha da aynını yaptı. Arkalarından Grk geldi.

Birkaç saniye sonra tepelerinde sağır edici bir gürültü koptu. Yerden yüz fit yukarda, sırayla dizilmiş yedi tane savaş uçağı belirmiş, hapishanenin bulunduğu yöne gidiyordu.

Uçaklar gider gitmez Max ayağa kalktı. "Yürümeye devam edelim."

Natascha, "Neden burada saklanmıyoruz? Yola çıkarsak askerlerle karşılaşma olasılığımız daha yüksek."

"Bizi burada bulurlar."

"Nasıl?" Natascha, orman gibi kalın bir katman halinde uzanan mısır sıralarını gösterdi. "Bunların arasında bizi asla göremezler."

"Uçakları var. Ve helikopterleri. Köpekleri de olacaktır. Hiç şansımız olmaz. En yakın köyü bulup oraya saklanmalıyız. Hapishaneden ne kadar uzakta olursak, o kadar güvende oluruz."

Natascha başıyla onayladı. "Sanırım haklısın."

"Haklıyım," dedi Max. "Haydi gidelim. Hemen."

Grk ve üç çocuk tekrar yola çıkmak için uğraştılar ve asfaltın üzerinde güçlükle yürümeye çalıştılar. Sıcaktan bezmiş, yorgun ve açtılar. Kimse konuşmuyordu.

Birkaç dakika sonra düşen bir şeyin sesini duydular. Ses arkalarından gelmişti. Durup arkalarını döndüler. İlk düşme sesini, başka biri takip etmişti. Ve bir diğeri.

Salınan mısırların tepesinde, gökyüzüne uzanan kara dumanlar gördüler.

Natascha, "Bu ne? Neler oluyor?" dedi.

"Bomba," diye yanıtladı Max. "Mahkûmları bombalıyorlar."

Diğerleri, bir an için konuşamayacak kadar şoke olmuşlardı. Sonra Tim kafasını her iki yana salladı. "Domuzlar. Bunların hepsi domuz."

"Bu şekilde konuşma," dedi Natascha.

"Neden?"

"Çünkü domuzlar şirindir."

"Domuzlar mı?" Tim şoke olmuştu. "Domuzların nesi şirin olabilir?"

"Hiç domuz gördün mü? Gerçek bir domuz?"

Tim, bir an için düşündü. Sonra kafasını salladı. Domuzları televizyonda görmüştü. Markette domuz eti, tabağında domuz pastırması görmüştü. Ama hiç gerçek, canlı bir domuz görmemişti.

Natascha, "Domuzlar temizdir ve çok akıllıdır. İçeri tıkılmanın ne demek olduğunu iyi bilirler. Sadece özgür olmak istedi diye kimseyi bombalamazlar."

Tim başıyla onayladı. "Peki, peki. Domuzlara hakaret ettiğim için üzgünüm."

"Üzülme," dedi Natascha. "Seni hiçbiri duymadı."

"Haydi," dedi Max. "Oraya vardığımızda hayvanlardan istediğiniz kadar bahsedebilirsiniz. Şimdi değil. Şimdi yürümemiz gerek."

Max, hızlı ve enerjik adımlar atmaya başladı ve daha da hızlandı. Diğerleri derin birer nefes alıp onu takip ettiler. Asfalt, yorgun ayaklarının altında sert ve rahatsızdı, giysilerinde ter izleri belirmişti, ama hiçbiri şikâyet etmiyordu. Başlarını öne eğdiler ve hapishaneden mümkün olduğunca hızla uzaklaşmaya çabaladılar.

Yürürlerken Tim'in Raffifi kardeşlerle ilgili düşünecek vakti olmuştu. Onları tuhaf bulmuştu. Çoğunlukla dediklerini anlamıyordu. Hatta Stanislavca değil, dilimizi konuştuklarında bile. Sürekli birbirleriyle tartışıyor gibiydiler. (Tim'in tek çocuk olduğunu hatırlaman gerek. Kardeşlerin neden sürekli kavga ettiğini bu yüzden anlamıyordu.) Tuhaflıklarına ve Max'den biraz korkuyor olması gerçeğine rağmen, ikisini de sevmişti.

En çok da Grk'ı sevmişti. Geçen son birkaç gün içinde Grk'ı kendi köpeği gibi düşünmeye başlamıştı. Onu gerçek sahiplerine verebilmek amacıyla tüm Avrupa'yı geçmiş olsa da, bir yandan hep ona sahip olmayı umut etmişti. Ancak, bir köpek için Raffifi kardeşlerden daha iyi bir sahip düşünemiyordu.

Max yeniden ıslık çaldığında on beş ya da yirmi dakikadır yürüyorlardı.

Sola saptı ve mısırların arasında gözden kayboldu. Diğerleri de aynını yaptı. Yolun ortasında durup şaşkınlık içinde havayı koklayan Grk hariç.

Şimdiye kadar pek çok kez söylediğim gibi, Grk dünyanın en akıllı köpeği değildi.

Natascha Grk'ın hâlâ yolun ortasında durduğunu fark edince, onu almak için çabucak geriye dönmek istedi, ama Max onu durdurdu. Onu kolundan yakaladı ve dişlerinin arasından, "Hayır! Bırak onu!" dedi.

Daha Natascha yanıt veremeden, onlara doğru ilerleyen motor sesleri duymaya başladılar. Ses her saniye artıyordu.

Max dişlerinin arasından konuşarak, "Yere yatın! Saklanın! Çabuk!" dedi.

Natascha yere yattı ve köpeğine seslendi. "Grk! Grk! Buraya gel!"

Grk onu duymazlıktan geldi. Yolun ortasında durmuş ona doğru gelen araçlara bakıyordu. Şimdi motorların sesi çok yüksekti. Sanki bütün bir otoyol onlara doğru geliyordu.

Taşıtlar iyice yaklaştığında, Grk kafasını bir yana eğip onlara baktı. Sanki, Sizden korkmuyorum, telaş bile etmiyorum, der gibiydi.

Vın sesiyle konvoy yanlarından geçti. Bir SPT önderliğinde gidiyorlardı. (SPT, Silahlı Personel Taşıyıcısıdır; arabayla tank arası bir taşıttır.) SPT'yi askeri kamyonlardan oluşan bir konvoy takip ediyordu. Koca tekerleklerinin altında yer titriyordu. Her bir kamyonda tüfekli otuz asker vardı.

Natascha nefes nefese kalmıştı. Grk neredeydi?

Sonra onu gördü. Yoldan aşağı atlayarak kıl payı kurtulmuştu. Yolun kenarında durmuş geçen taşıtları izliyordu.

En son geçen araç sadece iki kişi taşıyan siyah bir Toyota Land Cruiser'dı. Tim, derin bir oh çekti. Kurtulmuşlardı! Saklandıkları yer işe yaramıştı! Toyota yanlarından geçer geçmez, yola çıkıp yürümeye devam edebilirlerdi.

Sonra Toyota durdu.

Sürgülü kapı açıldı ve bir adam dışarı çıktı.

29. Bölüm

Siyah takım elbise giymiş, zayıf ve kemikli bir adamdı. Gözlerini saklayan bir güneş gözlüğü takmıştı. Çevik bir hareketle elini ceketinin içine götürdü ve kılıfında duran silahını çıkardı. Grk'a doğrulttu.

Grk başını yana eğdi ve silaha baktı.

Silahlı adam boğazını temizledi; yüksek ve net bir sesle, "Beş saniye içinde bu köpeği vuracağım," dedi.

Tim ve Raffifi kardeşler söylediklerini duyabiliyorlardı. Sesini de tanıdılar: Bu, Major Raki'ydi. Hiçbiri kıpırdamadı. Nefes almamaya çalışıyorlardı.

Major Raki, "Beni duyduğunuzu biliyorum. Ve bunun sizin köpeğiniz olduğunu da biliyorum. Şimdi dinleyin. Saklandığınız yerden çıkmazsanız, beşe kadar sayıp bu köpeği vuracağım. Seçim sizin. Köpeği kurtarmak istiyorsanız, hemen ortaya çıkın."

Major Raki Grk'a nişan almıştı ve "Bir," dedi.

Mısırlar salınıyordu. Kimse kıpırdamadı. Kimse konuşmadı.

"İki."

Tarlaların üzerinden bir kuş yüksek sesle şakıyarak uçtu. Sonra sessizlik geri döndü.

"Üç."

Grk ağzını, sadece kısa, keskin ve beyaz dişlerini görebileceğin kadar açtı. Gözlerini Major Raki'nin yüzünden ayırmıyordu.

"Dört."

Major Raki'nin parmağı tetikte gerildi.

"Beş."

Major Raki ateş edemeden bir ses sessizliği bozdu. "Dur!"

Major Raki silahını indirdi ve tarlaya bakmak için döndü.

Natascha ayağa kalktı. Cüretkâr ve öfkeli bir ifadeyle Major Raki'ye bakıyordu. Elbisesinin üzerindeki ot ve çöpleri silkeleyerek ona doğru ilerledi. "Tamam. Beni hapse geri götürebilirsin."

Major Raki gülümsedi. "Ağabeyin? O nerede?"

"Bilmiyorum." Natascha omuzlarını silkti. "Onu en son bir saat önce gördüm."

"Doğruyu söyle çocuk!"

"Doğru söylüyorum. Hapishaneden çıktığımızda farklı yönlere gittik. Böylece yalnızca birimizi yakalayabilirdiniz."

"İngiliz çocuk?"

"Bilmiyorum. O da farklı bir yöne gitti. Dediğim gibi, hepimiz farklı yönlere gittik."

Major Raki başını salladı. Silahını kaldırdı ve Grk'a doğrulttu. "Çıkmazlarsa köpeği vururum."

"Ama burada değiller," dedi Natascha. "Anlamıyor musun? Burada değiller."

"Öyleyse köpeği vuruyorum." Major Raki'nin parmağı tetikte gerilmişti.

"Hayır!" diye çığlık attı Natascha. "Hayır! Lütfen! Hayır!"

"O zaman söyle," dedi Major Raki. "Neredeler?"

Natascha gözünü ondan ayırmadı, ama konuşmuyordu da.

Major Raki omuzlarını silkti. "Bana başka bir şans bırakmıyorsun, çocuk." Silahını Grk'a doğrulttu ve ateş etmeye hazırlandı.

O anda tarlanın içinden iki silüet daha belirdi. Max ve Tim aynı anda ayağa kalkmıştı. İkisi de tek kelime etmedi. Yüzlerinde nefretle Major Raki'ye bakıyorlardı.

Major Raki başını salladı. "Tahmin ettiğim gibi. Gelin buraya! Hepiniz! Çabuk!" Silahını Natascha'ya doğrulttu. "Sakın kaçmayı falan düşünmeyin. Bu kez köpeği değil, kızı vururum."

Max ve Tim tarlanın içinden yürüyüp yola çıktılar. Grk, aceleyle Natascha'ya gitti ve ayaklarının dibinde durdu. Natascha eğilip köpeğin kulaklarının arkasını okşadı. Yakalanmaları onun hatası değildi; yanlış bir şey yaptığını bilmiyordu.

"Arabaya binin," dedi Major Raki.

Max, "Neden? Bizi nereye götüreceksin?" diye sordu.

Major Raki ona bir bakış attı. "Oraya vardığımızda öğrenirsiniz."

"Ben şimdi öğrenmek istiyorum, lütfen. Bizi nereye götürüyorsunuz?"

"Soru yok!" Major Raki Toyota'nın arka kapısını açtı. "Girin içeri! Hemen!"

Natascha ve Max birbirlerine baktılar. Sonra da Major Raki'nin silahına. Her ikisi de birbirinin ne düşündüğünü biliyordu: Eğer dövüşmeye çalışırlarsa onları vuracaktı. Üç kişi olabilirlerdi, ama yine de hiç şansları yoktu. Üç çocuk ve bir köpek, silahı olan acımasız bir adamı yenemezdi. Natascha Toyota'ya doğru ilerledi. Arka koltuğa oturdu ve diğerleri de onu takip etti.

Major Raki, ön koltuğa oturdu ve çocukları menzilinde tuttu. Hiç riske girmiyordu. Sert bir emirle şoför aracı döndürüp geldikleri yöne doğru ilerledi.

Sessizce ilerlediler. Tim korkuyordu. Ellerini dizlerinin üzerinde birleştirmişti; bunu yapmasaydı parmakları titreyecekti. Kendi korkusu onu utandırmıştı ve diğerlerinin bunu görmesini istemiyordu.

Raffifi kardeşlerin endişeli olmaması Tim'i şaşırtıyordu. Sanki güneşli bir pazar günü gezintiye çıkmış gibi pencereden dışarıyı seyrediyorlardı.

Hislerini saklıyorlar mıydı? Yoksa hiç korkmuyorlar mıydı? Tim, bunu bilmiyordu. Ve tabii ki soramazdı.

Kaçmak için birkaç yol düşündü, ama hiçbiri mümkün görünmüyordu. Major Raki silahını Natascha'ya doğrultmuştu. Herhangi biri kaçarsa ya da aracı durdurmaya teşebbüs ederse, Major Raki onu öldürecekti.

Yol birkaç kilometre boyunca mısır tarlalarının yanından devam etti ve sonra Vilnetto'ya varan başka, daha geniş bir yola bağlandı. Hapishaneye gitmekte olan askeri kamyonlardan oluşan ikinci bir konvoyu geçtiler. Sonra yollar boşaldı.

Max öne doğru eğilip sessizliği bozdu. "Raki? Adın buydu, değil mi?"

Major Raki'nin gözleri Max'e döndü ve sonra da Natascha'ya. Silahı titremiyordu bile; namlu, Natascha'nın göğsüne nişan alınmıştı. "Evet, adım bu."

"Bizi nereye götürüyorsun?" dedi Max.

"Oraya gidince öğreneceksin."

"Ben şimdi öğrenmek istiyorum."

"Pekâlâ," deyip gülümsedi Major Raki. "Sizi Albay Zinfandel'e götürüyorum."

"Bizden ne istiyor?"

"Bunu ona sormanız gerekecek."

Max, Natascha'ya baktı. Aralarında bir çeşit işaretleşme olmuştu. Max, tekrar Major Raki'ye baktı. "Anne babamız orada olacak mı?"

"Anne babanız mı?"

"Evet. Gabriel ve Maria Raffifi. Onları ne zaman göreceğiz?"

"Ah çocuklar!" diye fısıldadı Major Raki. Sesi kısık ve zalimdi. "Küçük çocuklar. Anne babanız sizinle konuşmayı ne çok isterdi, değil mi?"

Max gerilmişti. "Onları gördün mü?"

"Ah evet."

"Onlarla konuştun mu?"

"Evet."

"Ne dediler? Neredeler?"

"Anne babanızı kaçmaya çalışırlarken gördüm."

"Kaçmaya çalışırlarken mi? Kaçmak nereden çıktı? Sen neden bahsediyorsun?"

"Anne ve babanız, birkaç gece önce çok aptalca bir şey yaptı."

Major Raki, sözlerinin Max ve Natascha üzerinde yarattığı etkiyi görebiliyordu. Yavaş yavaş konuşuyor, üzerlerindeki gücünün tadını çıkarıyordu. "Bir gardiyana saldırdılar. Bu davranışları bana pek seçenek bırakmadı. İkisini de öldürdüm."

Max o kadar öfkelenmişti ki, konuşamıyordu bile. Yüzünden kan çekilmişti. Yüzü kireç gibi olmuştu. Elleri titriyordu.

"Yalan söylüyor," diye fısıldadı Natascha. "Onu dinleme. Yalan söylüyor."

Major Raki gülümsedi. "Kimse söylemedi mi size?"

Max hâlâ konuşmuyordu. Dizlerinin üzerindeki ellerini yumruk yapmıştı.

Major Raki, "Aptalca bir şey yapmayacaksın, değil mi?" dedi. Silahı sağa sola oynatıp, namluyu yine Natascha'nın göğsüne doğrultmuştu. "Yaparsan ne olacağını unutma. Kardeşini öldürürüm; tıpkı annenle babanı öldürdüğüm gibi."

Max'in yapmak istediği sadece tek bir şey vardı: Arabanın önüne fırlayıp yumruklarını Major Raki'nin suratına indirmek.

Ama bunu yapamayacağını biliyordu. Bundan en çok zarar görenin kardeşi olacağını biliyordu.

Uzun bir sessizlikten sonra Max konuşmaya başladı. Sesi kısık ve kararlıydı. "Bunu unutmayacağız."

Major Raki kıkırdadı. "Küçük bir çocuk için kendini fazla ciddiye alıyorsun."

"Ben ciddiyim."

"Elbette öylesin. Ve sanırım korktuğumu düşünüyorsun, değil mi?"

Max, "Ne hissettiğin umurumda değil," dedi.

"Sana bir şey söyleyeyim, evlat," diye hırladı Major Raki. "Beni korkutmuyorsun ve hiçbir zaman da korkutmayacaksın."

O anda siyah beyaz bir şey parladı. Arabanın önünden geldi ve havaya fırladı. Major Raki suratını tutarak acıyla haykırdı ve kıvrandı.

30. Bölüm

Son birkaç dakika içinde kimse Grk'ı düşünmemişti. Varlığını bile unutmuşlardı. Fark edilmeden Natascha'nın ayaklarının dibinde yatıyordu. Onları izlemiş ve dinlemişti. Sonra bir risk alıp harekete geçti.

Grk'ın hafızası iyiydi. Kimi sevdiğini ve kimden nefret ettiğini hatırlardı. Natascha kadar sevdiği ve Major Raki kadar nefret ettiği kimse yoktu. Son birkaç gündür öcünü almak için fırsat kolluyordu.

İşte şimdi bir fırsat yakalamıştı.

Araba bir köşeyi hızla dönerken, ön koltukların arasındaki boşluktan gizlice sızdı. Ne yaptığını kimse fark etmemişti: Şoför yola konsantre olmuştu; Major Raki tüm dikkatini Max ve Natascha üzerinde toplamıştı. Major Raki hariç hiç kimse olanları görmedi.

Grk, arabanın ön tarafına ulaşmıştı. Patilerini ön koltuğa koydu ve zıplamaya hazırlandı. En mükemmel anı bekliyordu. Ağzı açıldı ve tüm kasları gerildi.

Mükemmel an geldiğinde, Grk havaya sıçradı. Çenesini gerdi. Keskin beyaz dişlerinin tek kapanışıyla Major Raki'nin yüzünden ağız dolusu bir ısırık aldı.

Major Raki neredeyse her şeye hazırdı; ama kulağının küçük bir köpek tarafından koparılabileceğini hiç düşünmemişti.

Çığlık atarak arkasını döndü. Parmağı tetikte iyice gerilmişti. Birkaç el ateş etti. Kurşunlar havada vızıldadı ve herkesi ıskalayıp pencereleri deldi. Arabanın içine hava hücum etmişti. Çocuklar yere eğildi. Major Raki yerinde dönüp Grk'tan kurtulmaya çalışırken şoföre çarptı ve onu yana devirdi.

"Hayır!"

Şoför direksiyon hâkimiyetini yitirdi. Araba yoldan çıktı, çimenli yol kenarında zıplayıp bir ağaca çarptı.

Metal büküldü. Cam çatırdadı. Biri çığlık attı. Sonra, sessizlik oldu.

31. Bölüm

Kimse kımıldamadı. Kimse konuşmadı. Sanki zaman ilerlemiyordu.

Kendine gelen ilk kişi şoför oldu. Oturdu, kafasını tuttu ve inledi. Alnında ıslak bir şeyler hissediyordu. Dokundu. Parmaklarından kanlar süzülüyordu. Tekrar inledi ve etrafına baktı. Arabaya neler olduğunu görünce, bir karar vermek için sadece birkaç saniye harcadı: Kendi tarafındaki kapıyı açtı, arabadan atladı ve elinden geldiğince hızlı koşmaya başladı.

Arka koltukta Natascha gözlerini kıpırdattı ve doğrulup oturdu. Kafasını ovuşturdu. Her yeri acıyordu. Koltuğa baktı: Max ve Tim üst üste serilmişlerdi. Natascha fısıltıyla, "Hey! İyi misiniz?" dedi. İkisinden de yanıt gelmedi, o yüzden daha yüksek sesle fısıldadı. "Max! Timothy Malt! Beni duyuyor musunuz?"

Bir bir doğruldular. Max ve Tim afallamış ve şoke olmuşlardı. Kafalarını sağa sola çevirip, kemiklerinin kırılıp kırılmadığını anlamak için kollarını oynattılar. Natascha, "İyi misiniz?"

"Her şey yolunda gibi görünüyor," dedi Tim.

Max, bileklerini ve dirseklerini hareket ettiriyordu. "Ben de iyiyim."

Natascha, "Grk nerede?" diye sordu.

"Peki o adam nerede?" diye ekledi Max. Major Raki'nin adını ağzına almak bile istemiyordu.

Arabanın ön tarafına baktılar. Koltuklar boştu ama kapılardan biri açıktı ve ön camda adam büyüklüğünde bir delik açılmıştı. Çatlamış camların üzerinde, sadece kan olabilecek kırmızı lekeler vardı.

"Haydi, dışarı çıkıp bakalım," dedi Max.

Natascha isteksizce başını salladı. Bulabilecekleri şey onu dehşete düşürüyordu. Üçü birden arabadan dışarı çıkıp ön tarafa doğru yürüdüler. Motor kapağının yanında, çarpmanın etkisiyle yan yatmış bir ağaç vardı. Dibinde bir adam yatıyordu. Kollarından biri, geriye kıvrılmıştı. Giysileri kan içindeydi. Kımıldamıyordu.

Natascha, "Yoksa... öldü mü?" dedi.

"Dur," diye yanıtladı Max. Çabucak Major Raki'ye doğru yürüdü ve yanına gelince diz çöktü. Çarpışmada Major Raki'nin gözlükleri ezilmişti. Şimdi gözleri ifadesizce gökyüzüne bakıyordu. Gözbebekleri sabitti. Teni hiçbir şey hissetmiyordu. Max başıyla onayladı. "Nefes almıyor. Ölmüş."

"Ah," diye fısıldadı Natascha. "Üzgün müyüm mutlu muyum, bilmiyorum."

"Mutlu," dedi Max. "Kesinlikle mutlu olmalısın. Gezegenden bir kötü eksildi. Bu sevinilecek bir şeydir."

Tim, Major Raki'ye bakakaldı. Daha önce hiç ölü bir insan görmemişti. Biraz midesi bulanmıştı. Komik olan şey şuydu ki, Major Raki pek ölü gibi görünmüyordu: Huzurlu ve sakin görünüyordu. Elbiseleri kan içinde olmasaydı, ağacın altında biraz uzanıp kestirmeye karar verdiğini düşünürdün.

Natascha, "Grk nerede?" diye sordu.

Tim ve Max yanıt vermedi. İkisi de endişeliydi. Eğer Major Raki kazada öldüyse, küçük bir köpeğe neler olmuş olabilirdi?

Natascha ıslık çalıp bağırdı, "Grk! Grk!" Aceleyle ağacın arkasını dolaştı. Uzakta, çimenlerin arasında siyah beyaz bir yığın gördü.

Ona doğru koştu. Diz çöktü. Grk gözlerini açtı ve kafasını kaldırıp Natascha'ya baktı. Ayaklarının üzerinde doğrulup, kuyruğunu sanki onu aylardır görmüyormuş gibi sallayarak Natascha'ya doğru fırladı.

Tim, Natascha'nın yanında duruyordu. "Bu harika. Yara almışa benzemiyor."

"Bu bir mucize," dedi Max.

Natascha, köpeğinin neden hayatta olduğuyla ilgilenmiyordu; sadece hayatta olmasıyla ilgileniyordu. Grk'ı kucakladı ve kollarını ona beşik yaptı.

"Tamam," dedi Max. "Şimdi ne yapıyoruz?"

"Stanislavya'dan kaçalım," dedi Tim. "Mümkün olduğunca çabuk."

Natascha omuz silkti. "Yürüyerek mi?"

"Hayır," dedi Max. "Çok uzak. Yakalanabiliriz. Polis bizi arıyor olmalı."

Tim, Raffifi kardeşlere baktı. "Araba kullanmayı bileniniz var mı?"

"Ben," dedi Max. "Daha sınavı geçmedim, ama kullanabiliyorum. Neden sordun?"

"Sınıra kadar arabayla gidebiliriz."

"Bu arabayla mı?" Max kırık ön camı ve parçalanmış camları gösterdi. "Beş dakika sonra durduruluruz."

Tim, "Belki başka bir araba bulabiliriz," dedi.

"Nasıl? Nerede?"

Natascha, "Bize arabasını ödünç verecek biri olamaz mı? Ya da bizi sınıra götürecek biri?"

"Kim gibi?"

Hepsi düşünmeye çalıştı. Max ve Natascha'nın büyükannesiyle büyükbabası şehirde yaşıyordu, ama polis evlerini gözetliyor olmalıydı. Gabriel Raffifi'nin en eski dostları zaten Albay Zinfandel tarafından tutuklanmıştı. Sessizliğe gömülmüşlerdi. Ta ki Tim, "Yardım edebilecek birini tanıyorum," diyene kadar.

32. Bölüm

Toyota'nın, kırık camlarına rağmen kısa bir mesafe için kullanılabileceğine karar verdiler. Bir polis onları durduracak olursa, arabayı servise götürdüklerini söyleyeceklerdi.

Natascha, Major Raki'yi gömmek ya da cesedi yapraklarla örtmek istedi, ama Max vakitleri olmadığı konusunda ısrar ediyordu.

(Aslında Max, gömerek Major Raki'nin bedenini yüceltmek istemiyordu. Max'e göre Major Raki kargalar tarafından ağır ağır yenmeyi bile hak etmiyordu. Ama Natascha'nın onunla aynı fikirde olmadığını biliyordu. Natascha'ya göre en kötü insanlar bile affedilmeyi hak ederlerdi – ve onunla tartışmaya girmek istemiyordu. O yüzden yalnızca vakitlerinin olmadığını söyledi.)

Ağacın yanındaki cesedi yol kenarına bıraktılar ve Toyota'ya bindiler. Max yolda geri manevra yaptı ve Vilnetto'ya doğru ilerlemeye başladılar. Ehliyet sınavını geçmemiş birisi için şaşırtıcı derecede becerikli ve hızlıydı.

Yolda pek çok yaya arabaya tuhaf tuhaf baktı; daha önce hiç ön camında bu kadar büyük bir delik olan, camları kırık ve on beş yaşında bir çocuk tarafından kullanılan bir Toyota Land Cruiser görmemişlerdi. Max aldırış etmedi ve yola konsantre oldu. Arabayı şehrin dış mahallelerinden birine park ettiler ve anahtarı üzerinde bıraktılar. İsteyen olursa alabilirdi. Üç çocuk ve Grk, yolculuklarına yürüyerek devam ettiler.

Max ve Natascha hiç Vilnetto'da yaşamamışlardı, çünkü babaları sürekli dünyanın farklı yerlerine gönderiliyordu. Ancak pek çok tatillerini şehirdeki büyükannelerinde geçirmişlerdi, dolayısıyla burayı iyi biliyorlardı. Yirmi dakika kadar yürüdükten sonra İngiltere Büyükelçiliğine geldiler.

Tim, "Siz burada bekleyin. Ben yalnız gireceğim," dedi.

"Seninle gelmeliyiz," diye ısrar etti Max. "Başın belaya girebilir."

Tim başını iki yana salladı. "Eğer yakalanırsam, siz hâlâ özgür olacaksınız. Böylesi daha iyi. Yarım saat içinde dönmezsem bensiz gitmeniz gerek. Sınıra gitmeye çalışın."

Max buna karşı çıkamazdı. Tim'in cesaretinden etkilenmişti. Elini uzattı. "İyi şanslar."

"Teşekkürler," dedi Tim.

El sıkıştılar. Sonra Tim Natascha'yla da el sıkıştı ve Grk'ın kafasını okşadı. Tehlikeli bir serüvene çıkan bir kâşif ya da savaşa giden bir asker gibi hissetti kendini. Bu güzel bir histi.

Diğerlerini bırakan Tim, yolun sonuna kadar yürüdü ve köşeyi döndü. Önünde İngiltere Büyükelçiliğini görebiliyordu; ve ön kapıda hiç planlamadığı bir şey gördü: Bir polis.

Birkaç dakika için Tim yolda durup polise baktı ve kurnazca bir fikir düşündü. Başka bir giriş var mıydı? Hayır. Polisin yanından sıyrılıp geçebilir miydi? Hayır. Öyleyse ne yapacaktı?

Tim geri dönüp Max ve Natascha'nın yanına gitti. Neyse ki yerlerinden kımıldamamışlardı. Yanlarına gidip yardım istedi.

İngiltere Büyükelçiliğini tüm gün ve gece boyunca bir polis koruyordu. Polis sıkılmıştı. Yapacak hiçbir şey yoktu. O yüzden, küçük bir kız geçerken onunla sohbet etmek isteyince çok mutlu olmuştu. Bu, çok sevimli, on iki yaşlarında ve Stanislavcayı çok güzel konuşan bir kızdı. Polis memuruna gülümsedi. "Affedersiniz," dedi. "Kedim ağacın tepesinde kaldı. Bana yardım edebilir misiniz?"

"Üzgünüm, küçük bayan," diye yanıtladı polis. "Görev yerimi terk edemem."

"Lütfen. Ah, lütfen. Yalnızca bir dakikanızı alır. Öyle çok korktu ki."

Polis küçük kıza baktı. "Peki, nerdeymiş bakalım?"

"Yan sokakta." Köşeyi dönecekleri yeri gösterdi ve polise şirinlik yaparak gülümsedi. "İşte buradan."

"Bilemiyorum," dedi polis. "Bu kesinlikle kurallara aykırı."

"Lütfen. Ah, lütfen!"

"Tamam. Ama çabuk olmam gerekecek. Gerçekten bir dakikadan fazla sürmez mi?"

"Kesinlikle sürmez."

"Haydi o zaman."

"Çok teşekkür ederim," dedi küçük kız ve önden giderek polise yolu gösterdi.

Polis arkasını döner dönmez bir gölge İngiltere Büyükelçiliğinin içine sızdı.

Polis ve küçük kız birlikte köşeyi dönüp kapıya kadar yürüdüler. "Burada bekleyin," dedi küçük kız. "Gidip anahtarı getireyim."

"Hangi anahtarı?"

"Bahçenin anahtarını. Burada bekleyin." Kız gülümsedi ve aceleyle uzaklaştı.

Polis tam olarak neler olduğunu anlamamıştı, ama bu çok kibar bir kıza benziyordu. O yüzden sokakta durup bekledi.

Beş dakika sonra hâlâ bekliyordu, ama kız hiç geri dönmedi.

Polisin arkası dönükken, Tim girişten geçmiş ve çakıl taşlı yoldan İngiltere Büyükelçiliğine girmişti.

Çitin arkasında çömeldi ve duvar boyunca sürünerek ilerledi. Üzerinde pencere pervazlarını görebiliyordu. İki büklüm yürürse pencere hizasının altında kalıyordu; böylece onu kimse göremezdi.

Ayağa kalktı; dikkatle ve yavaşça kafasını kaldırıp pencerelerden içerinin görünüp görünmediğine baktı. Duvarlarda büyük yağlıboya tablolar asılıydı. Büyük bir bilgisayarın yanındaki masada siyah takım elbiseli iki adam tartışıyordu. Tim fark edilmeden hemen kafasını indirdi.

Çakıl taşlarında yürüyüp bir sonraki pencereye geldi ve içeriye baktı. Odada bir hizmetçi vardı. Siyah bir üniforma ve beyaz bir önlük giymişti. Elindeki pembe tüy yumağıyla mobilyaların tozunu alıyordu. Pencereye dönünce Tim başını eğdi ve aceleyle yoluna devam etti.

Üçüncü pencereye gelmişti. Cam açıktı, o yüzden içeride olanları duyabiliyordu. Bir kadın sesi duyuyordu. Pervazın altına kadar gelip dinledi. "Geniş çaplı bir ayaklanma var," diyordu kadın. "Beş yüz asker olduğu rapor edildi. Belki de daha fazla." Sonra sustu. Birkaç saniye sonra devam etti: "Hayır, en son helikopterden çıkarken görülmüş."

Kadın ya kendi kendine konuşuyordu ya da telefondaydı. Tim dik durup pencereden içeri baktı.

Pencerenin ardında, dosya dolapları ve kitaplarla dolu küçük bir oda vardı. Geniş bir masa kâğıtlarla kaplanmıştı. Odanın sahibi, arkası dönük oturmuş telefonla konuşuyordu. Tim, yüzünü göremese de sesi tanımıştı. Bu, Tim'in bulmak için geldiği kişiydi.

Parmaklarını yavaşça pencerenin altından soktu. Pencereyi azar azar yukarı kaldırdı.

Odanın içinde kadın telefonla konuşmaya devam ediyordu. "Bence de gizemli bir durum, efendim."

Pencere yarım açılınca, Tim bacağını kaldırıp pervaza koydu ve içeri yuvarlandı. Hiç gürültü yapmamayı başarmıştı. Odanın diğer tarafına doğru parmak uçlarında yürüdü.

Kadın gülüyordu. "Tabii ki veririm. Herhangi bir haber alır almaz." Ahizeyi yerine koydu, bir dosya almak için arkasını döndü ve Tim'i gördü. Yerinde zıpladı. Ağzı açık kaldı. Sonra gülmeye başladı. "Çok sessizsin. Senden iyi hırsız olurdu, değil mi?"

Tim omuz silkti ve sırıttı. "Casus olmayı tercih ederim."

"Evet, Majesteleri'nin hükümeti gönüllüleri her zaman ister."

"Tamam," dedi Tim. "Ben gönüllüyüm."

"Belki biraz daha büyüdüğünde." Miranda sandalyesinde iyice arkasına yaslandı. "Ne kadar çok hasara yol açtığının farkında mısın, Tim?"

"Hayır. Ne kadar?"

"Çok. Binlerce kişi tüm ülkeyi arıyor. Seni bulabilmek için. İngiliz gazeteleri çıldırmış durumda. Televizyon haberlerinde ilk sıradasın. Başbakan'a sürekli rapor veriliyor. Ve Albay Zinfandel... Şey, sadece şu anda çok mutlu olmadığını söylemekle yetineyim."

Tim kıkırdadı.

"Komik değil," diye atıldı Miranda. "Bu son derece ciddi bir konu."

"Biliyorum," dedi Tim. "Üzgünüm."

"Peki." Miranda ayağa kalktı. "Gidip Sir Cuthbert'i bulalım."

"Bulamayız."

"Bu da ne demek?"

"Ona olanları anlatamayız."

"Neden ama?"

Ona en son birbirlerini gördüklerinden beri olanları anlattı. Hapishaneyi bombalayan uçakları, askeri konvoyları ve Major Raki'nin nasıl yolun kenarındaki ağacın dibinde yattığını anlattı. Raffifi kardeşleri ve anne babalarını anlattı. "Bu ülkeden çıkmak zorundalar. Yoksa Albay Zinfandel onları öldürecek."

"Bunu bilemezsin."

"Evet, bilirim," diye ısrar etti Tim. "Onları bulursa öldürecek. Öyle değil mi?"

Miranda dudağını ısırdı ve başıyla onayladı.

Tim, "Onlara yardım edebilecek sadece bir tek kişi var," dedi.

"Peki, o kim?"

Tim ona baktı ama tek kelime etmedi.

Miranda ne demek istediğini hemen anladı. "Ah hayır!" Başını salladı. "Ben değilim. Hiç şansın yok."

"Lütfen, Miranda. Lütfen. Yoksa Max ve Natascha ölecek. Lütfen Miranda. Albay Zinfandel'in onları öldürmesini engellemeliyiz, değil mi?"

Miranda uzun bir süre Tim'e baktı. Pek çok şey düşünüyor gibiydi. Dudağını ısırdı ve odaya bakındı ve biraz daha dudağını ısırdı. Sonunda başıyla onayladı.

Tim ona teşekkür etmeye başlamıştı ki Miranda elini kaldırıp onu durdurdu. "Bana yarın teşekkür edersin. Hapse girmezsek. Ya da ölmezsek. O zamana kadar zahmet etme. Çok işimiz var. Tamam mı?"

"Tamam," dedi Tim.

"Güzel. Haydi, harekete geçelim."

*

Miranda hızlı hareket ediyordu. Odanın içinde dört dönüp ihtiyacı olan şeyleri topluyordu: Pasaportu, cüzdanı, birkaç giysi, bazı kâğıtlar ve üç büyük gri çanta. Gri çantaların her birinin yanlarında siyah yazılar vardı: DİPLOMATİK ÇANTA – MAJESTELERİ HÜKÜMETİNİN MALIDIR.

Tim, çantaların ne için olduğunu ve Miranda'ya niçin gerektiklerini sormak istedi, ama Miranda'nın konuşmamakla ilgili söylediklerini anımsadı. O yüzden de sessiz kaldı.

Miranda giysilerini ve eşyalarını deri bir çantaya tıktıktan sonra telefonu aldı ve bir numara çevirdi. Şuna benzeyen kısa bir konuşma yaptı:

"Alo? Bay Cuthbert?"

Özel odasında Sir Cuthbert telefonu yanıtladı.

"Efendim? Efendim? Kiminle görüşüyorum?"

"Sir Cuthbert, benim Miranda."

"Güzel! Şimdi, her şeyi öğrenmek istiyorum! Neler oluyor? İlerleme kaydettin mi?"

"Az önce olası bir tanıktan bir telefon aldık. Buradan 15 kilometre ötede bir köyde küçük bir İngiliz çocuk görülmüş."

"Bu harika! Muhteşem! Müthiş bir haber bu! Haydi gidelim!"

"Belki de yalnız gitmeliyim."

"Hayır, hayır. Ben de gelmek istiyorum. İki dakika içinde girişte buluşuruz."

"Yalnızca bir tek sorun var, Sir Cuthbert. Ya Dışişleri Bakanı ararsa? Sizce de bu görüşme için birisinin kalması gerekmez mi?"

"Dışişleri Bakanı," diye tekrarladı Sir Cuthbert. "Evet, evet. İyi fikir, Miranda. Ben burada kalıp onunla konuşayım. Sen beni haberdar et, olur mu?"

"Kesinlikle, Sir Cuthbert." Miranda telefonu bıraktı ve Tim'e göz kırptı. "Haydi gidelim. Arkadaşların nerede?"

"Yan sokakta saklanıyorlar."

"Tekrar pencereden tırmanabilir misin?"

"Kesinlikle," dedi Tim.

"Güzel. Haydi tırman. Ve şunu al." Miranda çantayı Tim'e verdi. "Dışarıda bekle. Seni arabayla alacağım."

Miranda gidince Tim çantayı açık pencereden aşağı bıraktı ve ardından kendi de atladı. Ayakları çakıl taşlarında ses çıkardı ve kimsenin bu sesi duymadığını umdu. Çantayı tutarak yere eğildi ve bekledi.

Birkaç dakika sonra tekerlek sesleri duydu. Siyah bir Range Rover köşeyi döndü. Aracı Miranda kullanıyordu. Eliyle Tim'e işaret etti. Tim çakıl taşlarının üzerinde hızla ona doğru ilerledi ve Miranda'nın çantasıyla birlikte Range Rover'ın arka koltuğuna bindi.

"Yere yat," diye emretti Miranda.

Tim görülemeyeceği bir yere sığıştı. Miranda, Büyükelçilikten çıkarken kapıda duran suratsız polise el salladı. Polis ona el sallamadı. "Şimdi nereye? Neredeler?"

"İlk sol," dedi Tim, saklandığı yerden.

İlk sola dönüp yolun ortasında bir yerde durdular. Tim kapıyı açtı ve yolun boş olup olmadığını kontrol etti. Kimsenin onu göremeyeceğinden emin olduğunda, Natascha'dan öğrendiği ıslığı çaldı: Bir yüksek ton, bir alçak ton, tekrar bir yüksek ton. Anında çalılar kıpırdadı ve üç silüet ortaya çıktı. Raffifi kardeşler üzerlerindeki yaprakları silkeleyerek Range Rover'a doğru koşuyorlardı. Grk da arkalarından geliyordu. Arabaya çıktılar ve arka koltuğa oturdular.

210

Miranda dönüp onlara baktı. Sırıttı. "Selam, ben Miranda. Kendinizi tanıtmanız gerekmiyor, çünkü kim olduğunuzu biliyorum. Üzerinde fotoğraflarınızın olduğu, sizi vahşi ve tehlikeli suçlular olarak gösteren fakslar aldık. Sizi yakalayana büyük ödül var."

"Ne kadar büyük?" dedi Max.

"On bin dolar."

Max ıslık çaldı. "On bin mi? Hiç fena değil. Belki kendimizi ihbar edip ödülü isteyebiliriz." Max diğerlerine baktı. "Ne düşünüyorsunuz?"

"Daha iyi bir fikrim var," dedi Natascha. "Seni teslim edelim. Hem ödülümüz de olur. Ayrıca sürekli sana tahammül etmek zorunda kalmayız."

"Ha ha," dedi Max. "Çok komik."

Natascha onu duymazlıktan geldi. Grk'a baktı. "Ne dersin Grk? Beş bin dolara kaç kemik alırdık?"

Tim sakinliklerine inanamayarak Max ve Natascha'ya baktı. Böyle bir zamanda nasıl şaka yapabiliyorlardı? Hayatları tehlikedeyken nasıl bu kadar neşeli olabiliyorlardı? Çok tuhaflardı gerçekten. Ama çok da havalıydılar. O da ölümle karşı karşıya geldiğinde Raffifi kardeşler gibi gülümseyip şakalar yapabilmeyi isterdi.

"Haydi gidelim," dedi Miranda. "Yakında yollara barikat kurarlar. Herkes hazır mı?"

Herkes başını salladı.

"Sıkı tutunun." Miranda ayağını gaza bastı. Lastikler viyakladı ve Range Rover hızla ilerledi.

33. Bölüm

Stanislavya karayla çevrili bir ülkeydi. Yani denize kıyısı yoktu. Ancak, elbette pek çok ülkeyle sınır komşusuydu, o yüzden pek çok farklı yoldan gizlice Stanislavya'ya girebilir veya buradan çıkabilirdin. Her bir sınırda, pasaportunu kontrol eden ve silah, uyuşturucu, ucuz sigara veya yasadışı brendi kaçakçılığı yapıp yapmadığını anlamak için arabanı arayan polislerle dolu gümrük büroları vardı.

Miranda, ülkenin kuzeyinde, dağlarda bulunan en küçük sınır geçişlerinden birine yöneldi. Orada polislerin uykulu olacağını ve arabayı arama zahmetine katlanmayacaklarını umuyordu.

Şehrin dışına çıktılar ve kuzeye giden yola girdiler. Büyük bir tabela sınıra üç yüz kilometre olduğunu yazıyordu. Tim, Max ve Natascha, geçen arabalar tarafından görülmemek için yerlerinde iyice çöktüler. Grk, yerde Natascha'nın ayaklarının dibinde yatıyordu.

Gittikçe yer şekilleri değişiyordu. Şehirden sonra tarlalar başlamıştı. Sonra tarlalar, küçük uyku mahmuru köylerin noktalama işaretleri gibi aralara serpiştirildiği uzun vadilere dönüştü. Ufukta, sisler arasında dorukları karlı dağlar görünüyordu.

Birkaç saat daha gittikten sonra Miranda'nın telefonu çaldı. Açtı. "Alo?"

"Miranda!" Sir Cuthbert'in sesi telefondan yankılanıyordu. "İki saattir yoksun! Nerelerdesin?"

"Trafiğe takıldım."

"Şu çocuğu buldun mu?"

"Hayır, efendim."

"Hayır mı? Hayır mı? Ne demek hayır?"

"Yani onu bulamadım, efendim."

"Bu hiç iyi değil," diye çıkıştı Sir Cuthbert. "Hemen buraya gel."

"Efendim."

"Eğer on dakika içinde ofisimde olmazsan, sana... Sana..."

"Evet, efendim?"

"Sana çok kızarım."

"Pekâlâ, efendim. On dakika içinde görüşürüz." Miranda konuşmayı bitirdi. Sonra, telefonu kapatmaya karar verdi.

Tim, Miranda'ya baktı. "Başın derde girmeyecek mi?"

"Ne için?"

"Sir Cuthbert'i dinlemediğin için."

"Ah hem de nasıl," dedi Miranda. Parmaklarını direksiyonda tıkırdattı. "Büyük olasılıkla kovulacağım. Hayır, bu doğru değil. Kesinlikle kovulacağım."

İki saat daha gittiler. Doğa yeniden değişmiş, daha engebeli ve daha az misafirperver bir hal almıştı. Çok az insanın yaşadığı Kuzey Stanislavya Dağları'na doğru gittiler. Otoyolun her iki yanındaki tepeler sık ormanlarla kaplıydı. Tepede akbabalar uçuşuyordu.

Burası Avrupa'da vahşi doğada kurtların uluduğu birkaç yerden biriydi. Çobanlar her ilkbaharda koyunlarından birkaçını kurtlara kaptırır, avcılar her sonbaharda kurt avlamaya gelirdi. Bunlar, büyük silahları olan zengin adamlardı. Hepsi, duvarlarına asmak ve arkadaşlarına hava atmak için güzel ve yumuşak kurt derisi isterdi.

Zengin adamlar bazen tavşan ya da güvercin avlarlar, ama kurtlara hiç rastlamazlardı. Kurtlar onlara göre çok zekiydi. Her yıl zengin adamlar, burunları dağlar ve ormanlar tarafından sürtülmüş olarak elleri boş şehre dönerlerdi.

Yol yükseklere doğru çıktıkça hava serinliyordu. Miranda arabanın ısıtıcısını açtı, ama çocuklar hâlâ titriyordu. Natascha Grk'ı yerden aldı ve sıcaklığından biraz ödünç almak ister gibi onu dizlerine koydu.

Sınırdan yirmi kilometre önce, elle yazılmış büyük bir tabela gördüler:

STANİSLAVYA'DA BENZİN ALMAK İÇİN SON İSTASYON. KAHVEMİZ VE EV YAPIMI YEMEKLERİMİZ DE GÜZELDİR.

Birkaç dakika sonra istasyona vardılar. Miranda benzin deposunu doldurmak için durdu. Ev yapımı yemekler bitmişti, ama sekiz tane çikolata ve iki litre de su almıştı.

İstasyondan sonraki ilk dönüşte Miranda yoldan çıktı ve ağaçların sakladığı küçük bir yola girdi. Arabayı park etti. Dışarı çıktılar. Miranda çikolataları dağıttı -herkese ikişer tane- ve herkes biraz su yudumladı.

Natascha ellerini birleştirip bir kâse yaptı. Max, Grk'ın içebilmesi için içine biraz su döktü. Grk elinden su içerken Natascha kıkırdadı. "Gıdıklıyorsun. Yapma! Gıdıklandım!" Grk umursamıyordu ve ellerini yalamaya devam etti. Susamıştı.

Tim, "Yemek yemek neden kötüdür, biliyor musunuz? Ne kadar aç olduğunu fark etmeni sağlar."

"Sınır on beş yirmi dakika uzaklıkta olmalı," dedi Miranda. "Akşam yemeğini diğer tarafta yiyelim. Olur mu? Ben ısmarlıyorum."

Max, "Bizi beklemeyecekler mi?"

"Kim?"

"Askerler. Polis. Gümrük görevlileri. Sınırda. Ellerinde fotoğraflarımız yok mudur?"

"Belki de," diye yanıtladı Miranda.

"Ve pasaportlarımız da yok," diye ekledi Natascha. "Bizi tanımasalar da geçmemize izin vermezler."

"Bir şey olmayacak," dedi Miranda.

"Nereden biliyorsun?"

Miranda başka bir şey söylemeden Range Rover'ın arkasına gitti ve deri çantasını aldı. Fermuarını açtı ve ofisinden aldığı üç gri çantayı çıkardı. Her birinin üzerinde DİPLOMATİK ÇANTA – MAJESTELERİ HÜKÜMETİNİN MALIDIR yazılıydı.

Miranda, çantaları Max ve Natascha'ya gösterdi. "Siz büyükelçilikte büyüdünüz, değil mi? Bunları biliyor olmalısınız."

"Evet, tabii ki," dedi Max.

"Tim'e açıklayın. O bilmiyor."

Max, Tim'e baktı. "Diplomatik bir çantayı hiç kimse açamaz. Bunları, kendi büyükelçiliğindeki insanlara bazı şeyler göndermek için kulanırsın."

Tim, "Ne gibi şeyler?" dedi.

"Ne istersen. Pasaport. Viski. Hediye. Sadece büyükelçilikteki insanların bu çantayı açma izni vardır. Özeldir ve gizlidir."

"Diplomatik çantanın içine kimse bakamaz," dedi Miranda. "Askerler, gümrük görevlileri, hatta polis bile. Diplomatik çantanın içindeki her şey koruma altındadır. Fark etmişsindir, bu çantalar özellikle büyük yapılmıştır." Miranda bu çantalardan birini kaldırdı; onun boyundaydı. "Bir insanı içine alacak kadar büyük."

Çocuklar ona bakakaldı. Max, "Bu çılgınca," dedi.

"Daha iyi bir fikrin var mı?"

Max bir an düşündü, sonra başını iki yana salladı.

Natascha Grk'ı gösterdi. "Peki ya o?"

"Aynı yerde olacaksınız. Haydi, girin içine." Miranda üç çantayı da açtı ve yere koydu. Uzun ve ince uyku tulumları gibiydiler. Çocuklar tek tek çantaların içine girdi. Natascha Grk'ı çağırdı. Köpek fırlayıp çantanın içine atladı.

Miranda Range Rover'ın bagajını açtı ve "Şimdi buraya girmeniz gerekecek," dedi.

Üç çocuk, çuval yarışındaki yarışmacılar gibi zıplayarak arabaya doğru gittiler.

"Biraz sıkıcı olacak," dedi Miranda. "Ama çok uzun süre kalmayacaksınız. Üzgünüm ama sizi bağlamam gerekecek. Umarım hiçbirinizde kapalı yerde kalma korkusu yoktur."

Miranda, sarı bir bant aldı ve çantaları bantladı. Sonra çocuklar Range Rover'ın bagajında kıvranmaya başladılar, uzandılar ve birbirlerine sokuldular. Arabanın bagajına baksaydın, yalnızca üç tane gri çanta görürdün. İçlerinde mektup, giysi ya da önemsiz evrak olduğunu düşünürdün. İçinde üç çocuk ve bir de köpek olduğu hiç aklına gelmezdi.

Miranda "Herkes iyi mi?" diye sordu.

Üç boğuk ses yanıtladı.

"Evet." (Bu Max'di.)

"Evet, teşekkürler." (Bu Tim'di.)

"İyiyiz." (Bu kendisi ve Grk adına konuşan Natascha'ydı.)

"Güzel," dedi Miranda. "Sınırın diğer tarafında görüşürüz." Kapıyı kapattı ve kilitledi. Sonra sürücü koltuğuna geçip motoru çalıştırdı. Geri dönüp anayola çıktı.

Karanlık, sıcak ve nemli çantanın içinde Natascha Grk'ı kendine çekmişti. Kulaklarını okşadı ve ona, "Merak etme. Yakında dışarı çıkacağız," dedi.

Grk kımıldayıp Natascha'nın yüzünü yaladı.

"Iyy." Natascha eliyle yüzünü sildi. "Yapma şunu."

Ama o yine yaptı.

İkinci çantanın içinde Max gözlerini kapatıp top sürdüğünü hayal etmeye başladı. Orta sahaya ulaşıp birine pas verdi; o oyuncu topu tekrar Max'e attı. Max topu ceza sahasının kenarına kadar götürdü ve takım arkadaşlarından birine havadan gönderdi. Oyuncu sert bir şutla topu Max'e yolladı.

Topu, yavaş çekimde kendine doğru gelirken gördü. Vücudunu eğdi ve bir şut çekerek topu ağlara yolladı. Kaleci sıçrayıp parmaklarını iyice germişti.

Kalecinin parmakları topa dokundu, ama yetmedi. Max' ın şutu çok sertti. Top ağlarla kavuşmuştu.

Kalabalık kükredi. Max'in etrafı takım arkadaşlarıyla sarılmıştı. Gözüne, topu kalenin arkasından alan üzgün kaleci takıldı.

Üçüncü çantanın içinde Tim dehşet içindeydi. Öleceğini zannediyordu. Nefes alamıyordu. Sıcaktı. Ter içindeydi. Gözlerini kapattı ve başka bir yerde olduğunu düşünmeye çalıştı. Herhangi bir yerde. Ama nerede?

Birkaç dakika düşündü, sonra aklına bir fikir geldi.

Kendini Everest eteklerinde bir çadırda hayal etti. Dışarıda fırtına kopuyordu. Çadırın yan tarafında kar birikmişti. Rüzgâr duvarları sallıyordu. Her yer buz tutmuştu. Tim bu yüzden karanlık ve sıcak bir uyku tulumunun içine girmişti: Soğuktan korunmak için.

Yarın dağcı arkadaşlarıyla birlikte zirveye tırmanacaklardı. Gezegenin doruğuna çıkacaklardı.

Tim, bir zamanlar televizyonda Everest'e tırmanmakla ilgili bir belgesel izlemişti. Bu bölgenin tüm özelliklerini ve dağcıların kullandığı karmaşık aletleri gözünün önüne getirmeye çalıştı.

Miranda, arabanın bagajında duran üç çocuğu düşünmemeye çalışıyordu. Ya boğulurlarsa? Ya hapşırırlarsa?

218

Ya gümrük görevlilerinden biri çantaları tüfekle dürtmeye kalkarsa? Bu soruları kafasından çıkarmaya çalıştı ve yola konsantre oldu.

Range Rover yirmi dakika sonra sınıra geldi. Burası, yaklaşık iki adam boyundaki duvarlarla çevriliydi. Kırmızı beyaz çizgili bariyerler, arabaların ülkeye girmesini veya buradan çıkmasını engelliyordu.

Bu sınır kapısını çok az insan kullanıyordu. Stanislavya'ya giriş çıkış yapmak istiyorsan, genelde dağların etrafından dolaşmayan daha kısa yolları tercih ederdin. Burada askerler çok az ziyaretçiyle karşılaşırlardı. Günlerini televizyon seyrederek, kâğıt oynayarak, postallarını boyayarak ve silahlarını temizleyerek geçirirlerdi.

Range Rover sınır kapısına doğru ilerlerken, tembel bir asker masasından kalkıp tüfeğine uzandı. Esnedi. Koca bir bıyığı olan, uzun boylu ve yakışıklı bir adamdı. Adı Onbaşı Yoran Lilas'tı. Stanislavya'nın kuzeyinde doğmuştu ve başka hiçbir yerde yaşamamış, bunu hiç de istememişti.

Sana, Kuzey Stanislavya halkıyla ilgili bazı gerçekleri anlatsam iyi olur. Çok gururlu ve son derece bağımsızdırlar. Avcı ve çobandırlar. Ormanı ve dağları severler. Nefret ettikleri tek bir şey vardır: Ne yapmaları gerektiğinin söylenmesi.

Kuzey halkı yüzyıllardır tembellikleriyle ün salmıştı. Onlardan birini işe alırsan çok çalışmayacağı söylenirdi. Herhangi birinin yarım günde yapacağı işi, onlar iki günde bitirirdi. Arkanı dönsen, güneşlenmek için uzanıp uyuklamaya başlarlardı.

Ama Kuzey Satnislavyalılar aslında tembel değildi. Sadece ne yapmaları gerektiğinin söylenmesinden hoşlanmazlardı.

Başkaları için çalışmayı sevmezlerdi. Ama kendi işlerini yapıyorlarsa, en az diğerleri kadar çok çalışırlardı.

Onbaşı Lilas silahını kuşandı ve durması için Range Rover'a işaret etti.

Miranda frene bastı. Range Rover askerin yanında durdu.

Onbaşı Lilas Miranda'nın yabancı olduğunu hemen anladı, çünkü Range Rover'ın, İngiltere Büyükelçiliğine ait olduğunu gösteren özel bir plakası vardı. Elini uzattı. "Pasaport!"

Miranda pasaportunu uzattı. Onbaşı Lilas pasaportu açtı ve fotoğrafa baktı. Sonra onun yüzüne baktı ve göz kırptı. "Gerçekte daha güzel görünüyorsun."

"Teşekkürler." Miranda gülümsedi.

Onbaşı Lilas pasaportunu ona geri verdi ve arabanın etrafında yürüdü. Bagaja baktı. Üç çanta gördü. "İçlerinde ne var?"

"Diplomatik çanta," dedi Miranda.

"Açın, lütfen."

"Hayır."

Onbaşı Lilas reddedilmenin şaşkınlığıyla Miranda'ya baktı.

"Diplomatik çantaları açmak zorunda değilim," diye açıklama yaptı Miranda.

"Evet. Zorundasınız. Açın."

"Hayır. Bunlar diplomatik çanta. Onları arama izniniz yok."

"Her şeyi yapma iznim var," dedi Onbaşı Lilas. "Ben Stanislavya Ordusu'yum."

"Kim olduğun umurumda değil," diye yanıtladı Miranda. "Diplomatik çantayı açamazsın."

Onbaşı Lilas rahatsız olmuştu. Kimsenin ona ne yapması gerektiğini söylemesine katlanamazdı. Miranda ona açamayacağını söyleyene kadar onları açmak için özel bir isteği yoktu. Ama bu, fikrini değiştirmişti. Şimdi bu üç çantanın da içini görmeye kararlıydı. Telsizini açtı ve destek kuvvet çağırdı.

Barakadan, bıyıklarındaki çorbayı silmekte olan iki asker daha çıktı. Yemek yiyorlardı ve hiçbir şey onları yemekten alıkonmak kadar kızdıramazdı. Tüfekleriyle birlikte tepeden aşağı koştular. Range Rover'a ulaştıklarında Onbaşı Lilas durumu anlattı. Üç asker camdan Range Rover'ın içine, bagajdaki diplomatik çantalara bakıp ve ne yapmaları gerektiğini tartıştılar.

Çantaların içindeki çocuklar dışarıdan gelen sesler duyuyorlardı. Arabanın durduğunu biliyorlardı. Miranda'nın sınıra geldiğini fark ettiler. Sadece birkaç metre daha gidecekler ve sonra sınırı geçip özgürlüklerine kavuşacaklardı.

İlk çantanın içinde Tim sessizce bekliyordu. Üst dişiyle alt dudağını ısırıyor ve çantanın kalın dokusunun arasından görmeye çalışıyordu. Bunun bir an önce bitmesini istiyordu. Gözlerini kapattı ve hayaline geri döndü...

Everest'e tırmanıyordu. Ardında kilometrelerce uzanan dağ sıralarını görebiliyordu. İleride, bulutların arasında dünyanın en yüksek dağının zirvesini gördü. Birkaç adım daha, dedi kendi kendine. Bir adım, sonra diğeri. Karda ağır ağır ilerleyerek. Sonunda tepeye varacaktı. Everest'e tırmanan en genç dağcı olacaktı.

İkinci çantanın içinde Max hayali futbol oyununu unutmuş, kendini savunma planları yapıyordu. Parmaklarını esnetti, kaslarını gerdi ve dövüşmeye hazırlandı. Silahları bile olsa dövüşecekti. Yaşamının geri kalan kısmını Albay Zinfandel'in hapishanelerinden birinde geçirmektense, burada ölürdü daha iyi.

*

Üçüncü çantanın içinde Grk rahatsız olmaya başlamıştı. Karanlık ve sıcak çantanın içinde yatmayı sevmemişti. Hatta daha kötüsü, çişi gelmişti.

"Şşş," diye fısıldadı Natascha elinden geldiğince alçak sesle. "Sessiz ol Grk. Rahat dur."

Grk kıpırdamamaya çalıştı ama yapamadı. Çişini mutlaka yapması gerekiyordu. İdrar torbası patlamak üzereydi. Çantadan çıkmanın bir yolunu arayarak kıvranmaya başladı. O yüzden Natascha onu alıp sıkıca sardı.

Onbaşı Lilas, çantalardan birinin içinde bir kıpırtı fark etti. Cama vurdu ve Miranda'ya bağırdı. "İçeride ne var?"

"Nerede?"

"Şu çantada." Kımıldayan çantayı gösterdi. "Nedir o?"

Miranda, "Seni ilgilendirmez. Dediğim gibi, diplomatik çantalar sizin işiniz değil," dedi.

"Tabii ki işim. Söyleyin."

"Hayır."

"Evet! Söyleyin! Polisim ben!"

"Ama ben de İngiliz bir diplomatım," diye açıkladı Miranda. "Bu çantalarda, diplomatik önem taşıyan eşyalar var.

Uluslararası kanunlara göre bu çantaları açmanız kesinlikle yasaktır."

Askerler birbirlerine baktı. Miranda'nın söylediklerini tam olarak anlamamışlardı. Bu da onları daha da şüphelendirmiş ve rahatsız etmişti. Kendi aralarında mırıltıyla konuştular. Hepsi de çantaları açmak istiyordu. Biri Miranda'yı vurmak istedi, ama diğerleri fikrini değiştirmesi için onu ikna etti.

Tartışmaları bitmişti. Onbaşı Lilas Miranda'ya, "Çantaları açıyoruz. Hemen. Kilidi aç," dedi.

"Bunu yapamazsınız," dedi Miranda.

"Yaparız," dedi Onbaşı Lilas. "Çabuk!" O anda tüm askerler tüfeklerini kaldırıp Miranda'ya doğrulttu.

Üç tüfeğin namlusuyla göz göze gelen Miranda, başka seçeneği kalmadığını anlamıştı. Arabanın arkasına doğru yürüdü ve bagajı anahtarla açtı.

Askerlerden biri bagaj kapağını kaldırdı. Onbaşı Lilas bir bıçak çıkardı. Çantanın üzerindeki bandı kesti ve çantayı açtı.

Sonra, delikten kafasını uzatan küçük bir köpek görünce şaşkınlıktan geri çekildi.

Köpeği, Natascha takip etti. Grk'ı tutmaya çalışıyordu ama kıpır kıpır köpeğe sahip çıkamadı ve köpek Range Rover'dan atlayıp çıktı.

Grk yere indi, çimenleri geçti ve en yakın ağaca doğru fırladı. Orada arka ayaklarından birini kaldırıp uzun bir rahatlama yaşadı.

Bir dakika sonra üç asker ele geçirdiklerini inceliyordu: Küçük bir köpek, bir İngiliz diplomat ve üç çocuk.

Raffifi kardeşler çıkar çıkmaz askerler onları tanıdı. O sabah İstihbarat Dairesi'nden bir faks almışlardı. Faksın en üstünde iki siyah beyaz fotoğrafta Raffifi kardeşler vardı. Faksın geri kalanı, bu çocukların tehlikeli kaçaklar olduğunu anlatıyordu. Pek çok ciddi suçları vardı. Tehlikeli, hatta belki de silahlıydılar. Onları yakalayan herkese on bin dolar para ödülü verilecekti.

Miranda, üç çocuğa baktı. "Üzgünüm." Raffifi kardeşler ona gülümsedi. Miranda'nın elinden geleni yaptığını biliyorlardı.

Askerlerden biri, "On bin dolar. Fena değil, ha?" dedi.

İkinci asker başını iki yana salladı. "Hiç fena değil. Muhteşem. Hayatımın sonuna kadar her gün bu işi yapsam bile on bin doları bir arada göremem."

Onbaşı Lilas, "Aramızda bölüşeceğiz, değil mi?" dedi.

"Elbette. Üçe böleceğiz."

"Yani, kişi başı ne kadar ediyor?"

Üç asker birkaç dakika düşündü. Hiçbirinin matematiği o kadar iyi değildi. Sayarken kafalarını kaşıyıp dudaklarını oynatıyorlardı.

Sonunda Natascha o kadar sabırsızlanmıştı ki cevabı söyleyiverdi. "Her birinize üç bin üç yüz otuz üç dolar düşüyor ve de otuz üç sent."

Askerler ona baktı. "Gerçekten mi?"

"Evet," dedi Natascha. "Gerçekten."

Onbaşı Lilas ıslık çaldı. "Üç bin dolar!"

İkinci asker, "Üç bin üç yüz otuz üç dolar! Ve otuz üç sent!"

Üçüncü asker, "Ne yapacaksınız? Biriktirecek misiniz? Harcayacak mısınız?"

"Harcayacağım," dedi Onbaşı Lilas. "Yeni bir araba alacağım. Sen?"

"Karımı tatile götüreceğim. Beş yıldır tatile gitmiyoruz."

"Nereye gideceksiniz?"

"Bilmiyorum." Asker omuz silkti. "Belki Florida. Hep oraya gitmek istemiştir."

"Size kim olduğunuzu hatırlatmak isterim," diye sözlerini kesti Miranda. "Ben İngiltere Büyükelçiliği mensubuyum. Bu çocuk, Tim'i gösterdi, İngiltere vatandaşı. Bizi kendi rızamız olmadan burada tutamazsınız."

"Gidin o halde," dedi Onbaşı Lilas. "Gidebilirsiniz. Sınırı geçin. Sizinle ilgilenmiyoruz. Sadece onları istiyoruz." Raffifi kardeşleri gösterdi.

"Neden? Para için mi?"

"Öyle," dedi Onbaşı Lilas. Sırıttı. "On bin dolar mı? Bunun için annemi bile satarım."

İkinci asker, "Anneni on bin dolara kim alır ki?" dedi.

"Konu bu değil."

"O zaman konu ne?"

"Konu şu," dedi Onbaşı Lilas. "On bin dolar için her şeyi yapmaya hazırım."

Sohbete yeni bir ses katılmıştı: "Kendi ülkene ihanet etmeye bile mi?"

Üç asker, arkalarını dönüp bu sözcüklerin kimden çıktığını görünce şaşkınlıkla bakakaldılar. Bu Max'di.

Onbaşı Lilas, "Vatan haini sensin," dedi.

"Hayır, değilim," dedi Max.

"Hainsin," diye ısrar etti Onbaşı Lilas. "Sen bir hainsin ve suçlusun. Bu yüzden başına ödül kondu. Ve ayrıca ciddi bir suçlu olmalısın, yoksa ödül bu kadar büyük olmazdı."

Max gülümsedi. "Suçluya benzer bir halim var mı?"

Askerlerden hiçbiri yanıt vermeyince, Max Natascha'yı gösterdi. "Peki, kardeşim suçluya benziyor mu?"

Askerler hâlâ yanıt vermemişti. Onbaşı Lilas yere bakıyordu. Diğer iki asker biraz utanmış gibiydi. Sonunda Onbaşı Lilas kafasını kaldırdı ve Max'e baktı. "Tamam, suçluya benzemiyorsunuz. Ama biz askeriz. İnsanları görünüşleriyle yargılamayız. Tek bildiğimiz, sizin tehlikeli teröristler olabileceğiniz. Ülkemizi yok etme planları yapıyor olabilirsiniz."

"Stanislavya'yı yok edecek olan bir tek kişi var," dedi Max. "O da Albay Zinfandel."

Üç asker de sinirlenmişti. Konuşulanları duyan olup olmadığını kontrol etmek için etrafa bakındılar.

Kimin duyacağı Max'in umurunda değildi. "Biz suçlu değiliz," diye ısrar etti. "Albay Zinfandel'in düşmanlarıyız, o kadar. Ondan nefret ediyoruz."

"Şşşş," dedi askerlerden biri. "Yerin kulağı var."

"Her yerde casusları var," diye açıkladı diğer asker.

"Umurumda değil," dedi Max. "Sesimi kesmeyeceğim. Albay Zinfandel'den ve ülkemize yaptıklarından nefret ediyorum. Gerçek Stanislavya vatandaşı olsaydınız, siz de ondan nefret ederdiniz."

Onbaşı Lilas fısıldayarak "Belki de haklısın. Belki de Albay Zinfandel iyi bir adam değildir. Ama ne yapabiliriz ki? Biz yalnızca zavallı üç askeriz."

"Bizi bırakabilirsiniz," dedi Max. "Bu, Albay Zinfandel'in canını acıtacaktır. Çok acıtmayabilir, ama biraz acıtacağı kesin. Bir diktatörden kurtulmanın en iyi yolu, gücü tükenene kadar onu tekrar tekrar, azar azar incitmektir."

Üç asker birbirlerine baktılar. Ne yapılması gerektiğini hiçbiri bilmiyordu. Stanislavya'daki pek çok insan gibi onlar da Albay Zinfandel'den nefret ediyordu. Kuzeydeki insanlar ondan herkesten çok nefret ediyordu, çünkü onlara sürekli ne yapmaları gerektiğini söylüyordu. Ancak ondan delice korkuyorlardı da. Sivil polisleri tarafından işkence görmek istemiyorlardı. Hapse tıkılmak ya da tuz madenlerinde çalışmaya zorlanmak istemiyorlardı. Daha da kötüsü, Albay Zinfandel'in yalnızca onları cezalandırmayacağını da biliyorlardı: Ailelerini, eşlerini, çocuklarını, hatta köpeklerini bile cezalandıracaktı.

Onbaşı Lilas, "Onun casuslarından biri olmadığınızı neren bilelim?"

"Bize güvenmeniz gerek," dedi Max.

Askerler tekrar birbirlerine baktılar. Kısık sesle konuşmaya başladılar. Kollarını hareket ettirip öfkeli bir şekilde tartışıyorlardı.

"Onları tutuklamamız gerek," dedi ikinci asker. "Mecburuz! Tutuklamazsak Albay Zinfandel bizi öldürür. Ve sadece bizi de değil. Ailelerimizi yok eder. Evlerimizi yakar. Bizi doğduğumuza pişman eder."

"Onları tutuklamalıyız," dedi ilk asker. "Mecburuz! Parayı düşünün. On bin dolar! İnsanlar böyle bir şansı hayatlarında bir kez yakalar. Ciddi para kazanacağın bir şans. Bu karşımıza çıkabilecek tek şans."

"Gitmelerine izin vermeliyiz," dedi Onbaşı Lilas.

"Neden?"

"Sen neden bahsediyorsun."

"Bu çocukları tutuklamanın sadece iki sebebi var," diye açıkladı Onbaşı Lilas. "İlk sebep hırs. İkinci sebep korku. Bunlar bir şey yapmak için yeterince iyi sebepler mi?"

Diğer iki asker uzunca bir süre ona baktı. Parayı ve üç bin üç yüz otuz üç dolarla neler yapabileceklerini düşündüler. Albay Zinfandel'i ve Raffifi kardeşleri serbest bıraktıklarında onlara yapacaklarını düşündüler. Akıllarına ateş açan uçaklar, yanan evler ve ailelerle dolu hapishane hücreleri geliyordu. Sonra, aynı anda ikisi de omuz silkti ve başlarıyla onayladılar.

Onbaşı Lilas arkasını dönüp Max'e baktı. Üçü adına konuşuyordu. "Gidin. Hemen. Birileri sizi görmeden."

"Teşekkürler," dedi Max. "Bunu unutmayacağız."

"Teşekkürler, teşekkürler," dedi Natascha.

"Gidin," diye tekrarladı Onbaşı Lilas. "Fikrimizi değiştirmeden gidin."

Tim, Max, Natascha ve Grk arabanın arka koltuğuna oturdular. Miranda öne geçti ve arabayı çalıştırdı. Askerlere el salladılar, ama hiçbiri onlara geri el sallamadı.

Bariyer kalktı. Range Rover sınırdan geçip Stanislavya'yı arkasında bırakırken, askerler bir saniyeliğine arkalarından baktı.

"Gitti on bin dolar," dedi ilk asker.

"On bin dolar," diye mırıldandı ikinci asker. "On. Bin. Dolar."

"Unutun artık," dedi Onbaşı Lilas. "Onları gördüğünüzü unutun. Tamam mı? Çünkü Albay Zinfandel yaptığımızı bir öğrenirse…"

Cümlesini bitirmesi gerekmiyordu. Diğer iki asker başını salladı. Üçü de Range Rover'a arkalarını döndüler ve olanları zihinlerinden silmeye çalıştılar.

Sınırın diğer yanında başka bir kontrol noktası daha vardı. Bu başka bir ülkeye aitti, o yüzden askerler farklı üniformalar giymişti. İçlerinden biri Range Rover'ın diplomat plakasına baktı, içerideki Miranda ve üç çocuğa bir göz attı ve eliyle devam etmelerini işaret etti.

Miranda sınırdan geçti ve bir restoran görene kadar devam etti. Orada durup hızlı bir akşam yemeği yediler. Kuzu yahnisi ve salatayı, kekler ve ceviz şurubu takip etti. Ardından en yakın havaalanına doğru devam ettiler. Burada Miranda, Londra'ya giden ilk uçağa kredi kartıyla beş bilet aldı.

Uçağın havalanmasını beklerlerken, Miranda uçağın Londra'ya ne zaman ineceğini insanlara ilettiği iki telefon görüşmesi yaptı. Önce Tim'in anne babasını aradı. Sonra Dışişleri Bakanlığını.

Miranda'ya on bir tane sesli mesaj gelmişti. Her birini Sir Cuthbert bırakmıştı. "Hâlâ trafikte olamazsın," diyordu on birinci mesaj. "Neredesin? Neredesin? Beni on dakika içinde aramazsan… seni… seni… Yani, beni geri arasan iyi olur, tek söyleyebileceğim bu."

Miranda telefonunu kapattı ve Sir Cuthbert'i arama zahmetine bile girmedi.

Birkaç saat sonra Tim, Max, Natascha ve Miranda, Heathrow Havaalanı'ndaki gümrük çıkışından geçiyorlardı. Grk, bir sonraki bölümde anlatılacak olan bazı nedenlerden dolayı, havaalanını çoktan başka bir çıkıştan terk etmişti bile. Dördü birden Gelen Yolcu bölümündeki kapılara vardıklarında, alışılmadık bir manzarayla karşılaştılar.

Çocuklara doğrultulmuş yüzlerce kamera vardı. Biri basına haber vermiş, Timothy Malt'ın bu uçakla İngiltere'ye döneceğini söylemişti.

Kameralar, yüksek sesli bir uğultuyla sahneyi çekiyordu. Flaşlar patlıyor, çocukların yüzü aydınlanıyordu. Ağızlarından çıkan her sözcüğü duyabilmek için yukarıdan mikrofonlar sallanıyordu; ama hiçbirinden ses çıkmıyordu, çünkü konuşamayacak kadar şoke olmuşlardı.

Yüz gazeteciden aynı anda yüzlerce soru geliyordu: "Tim! Timothy Malt! Buraya Tim! Yeniden evde olmak nasıl bir duygu? Bize olanları anlat. Nereye gittin? Buraya Tim! Evde olmaktan mutlu musun? Kameraya gülümser misin? Timothy Malt! Tim! Buraya!"

Tam bir şoktu. Tim'in zihni bir an için o kadar karıştı ki, neler olduğunu anlamadı bile. Gözlerini kırpıştırdı. Bulanık görüyordu. Kafası karışıktı ve kendini kaybolmuş hissediyordu. Kolları açılmış iki kişinin ona doğru geldiğini görünce korkmuştu. Kimdi bunlar? Ne istiyorlardı? Ona ne yapacaklardı? Sonra onları tanıdı.

"Ah Tim," dedi annesi kollarını boynuna dolarken. "Sağ salim döndün!"

Tim, kafasını kaldırıp babasına baktı. Birbirlerine sırıttılar. Sözcüklere gerek yoktu.

34. Bölüm

İngiltere'ye bir hayvan getirdiğinde, onu altı ay boyunca kafeste kilitli tutman gerekir. Buna karantina denir. Hükümete göre, orada yaşayan köpekleri, yalnızca yabancı ülkelerde bulunan bazı hastalıklardan koruyabilmek için bu çok gerekli. Bu altı ay süresince veterinerler düzenli olarak bu hayvanları kontrol eder; kene, pire, tenya veya diğer söylenemeyecek enfeksiyonlar olup olmadığına bakarlar.

Bazı hayvanların karantinadan kurtulmak için özel hayvan pasaportları vardır. Grk'ın da bir tane vardı. Maalesef ülkeyi pasaportsuz terk etmişti, o yüzden de dönüşte dosdoğru karantinaya girmesi gerekiyordu. Tim, Miranda ve Raffifi kardeşler Heathrow Havaalanı'na geldiklerinde İngiliz gümrük memurları Grk'ı tutuklayıp gözaltına aldı.

Patilerine kelepçe takmadılar, ama onu bir kafese tıktılar. Grk'ın kulakları düştü. Parmaklıkların arasından Natascha'ya baktı ve burnunu oynattı. Sanki, "Gelip seni hapishaneden kurtardım, borcunu böyle mi ödüyorsun? Beni hapse koyarak mı?" der gibiydi.

Natascha kafesin yanına diz çöktü ve özür dilemeye çalıştı. Grk etkilenmemişti. Ona arkasını döndü ve dudak bükerek kafesin köşesine oturdu.

O öğleden sonra Bay Malt pek çok telefon görüşmesi yaptı ve Londra'ya bir saatten az mesafede bir köpek barınağı buldu. Sahipleri Grk'ı almayı kabul etti; ona altı ay boyunca ev sahipliği yapacaklardı.

Köpek barınağı bir hapishaneydi -bunu kimse inkâr edemez-, ama rahat bir köpek hapishanesiydi. Bu mahkûmluk sırasında Grk büyük bir kafeste yaşadı. Her gün biri sabah ve biri akşamüstü olmak üzere iki kez uzun yürüyüşler yaptı. Sürekli olarak su, tenis topu ve çiğnenebilecek oyuncaklar veriliyordu. En güzeli de, neredeyse her gün Tim ya da Natascha ziyaretine geliyordu.

Max ve Natascha'ya gelince, Londra'da yaşamaya gelmişlerdi. Bay ve Bayan Malt kalmaları için onları davet etmiş, onlar da sevinçle kabul etmişlerdi. Bay Malt bilgisayarını ve kitaplarını çatı katından taşıyıp orayı bir yatak odasına çevirdi. Natascha burada kalıyordu. Tim odasını Max'le paylaşıyordu. Ev biraz sıkışmıştı, ama kimsenin umurunda değildi.

Tim'in okul müdürü, fazladan iki öğrenci almayı kabul etmişti. Tim, Max ve Natascha her sabah okula yürüyorlardı. Her akşam da birlikte geri eve dönüyorlardı. Tim artık hiçbir zaman eve yalnız yürümeyecek ve evde yalnız kalmayacaktı.

Bir akşamüstü, Londra'ya döndükten yaklaşık on beş gün sonra, Tim çatı katına çıktı. Kapıyı vurdu. Odanın içinden bir ses, "Evet? Kim o?" dedi.

"Ben," dedi Tim.

"Sen kimsin?"

"Ben. Tim."

Kapı açıldı. Natascha sırıttı. "Kapıyı çalman gerekmez. Burası senin evin."

"Artık senin de evin."

"Öyle mi?"

"Evet."

"Ah. Tamam." Natascha yine sırıttı. "Şey, odama girmek ister misin?"

"Evet, lütfen."

Tim, Natascha'yı takip etti. Son iki haftada oda tamamen değişmişti. Bay Malt'ın masasıyla bilgisayarının yerinde bir yatak ve üzeri askılarla dolu uzun bir çıta vardı. Şu anda askıların çoğu boştu; Natascha'nın yalnızca birkaç parça elbisesi vardı. Bir sonraki hafta Bay ve Bayan Malt Oxford Caddesi'nde alışveriş yapmaya karar vermişlerdi. Eskiden Bay Malt'ın sıkıcı muhasebe kitaplarının durduğu raflara Natascha birkaç roman, Londra haritası, köpeklerle ilgili üç kitap ve Stanislavca-İngilizce bir sözlük yerleştirmişti.

Tim, "Az önce Miranda aradı. Bu akşam yemeğe geliyormuş," dedi.

"Ah çok güzel," dedi Natascha. "Dışişleri'ndeki işine ne olmuş? Kovulmuş mu?"

Tim kafasını iki yana salladı ve açıkladı. Miranda'nın anlattığına göre, Sir Cuthbert, Dışişleri Bakanlığı'na Miranda'nın hemen kovulmasıyla ilgili bir yığın öfke dolu elektronik posta göndermişti. Sonunda Dışişleri Bakanı bir mektup yollayıp, Sir Cuthbert'e Miranda'nın başarılarından dolayı terfi ettiğini ve hatta madalya bile alabileceğini bildirmişti. Başbakan da Miranda'ya özel bir mesaj yollayıp, Tim'e ve Raffifi kardeşlere yardımından dolayı onu tebrik etmişti.

Natascha sevinçle el çırptı. "Çok güzel! Harika bir haber bu! Şimdi ne yapacak?"

"Amerika'ya gidecek," dedi Tim. "Oradaki büyükelçilikte çalışacak."

Konuşurlarken Tim, Natascha'nın yatağının üzerinde, duvara yapıştırılmış üç şey fark etti.

Birincisi, Grk'ın fotoğrafıydı. Kameraya bakıyordu. Başını bir yana yaslamış ve kulakları sanki uzaklardaki bir müziği dinlermiş gibi sipsivri olmuştu.

İkincisi, beyaz bir kâğıt parçasıydı. Tim, ona bakmak için yürüdü. Natascha kâğıdın üzerine büyük harflerle dilimizde sekiz tane sözcük yazmıştı:

FIRTINA
GRAMOFON
ÇİVİT MAVİSİ
SUNA
ŞAHİT
MEZGİT
AYLAKLIK
MIKNATIS

Tim, kâğıdı işaret etti. "Bu ne?"
"Sözcüklerim."
"Ne sözcükleri?"

"Her gece sekiz sözcük öğreniyorum. Dilimi geliştirmek için."

"Sözcükleri neye göre seçiyorsun?"

Natascha omuz silkti. "Gazeteden ya da insanların sokakta konuştuklarından. Ya da otobüsten. Duyduklarımdan. Hayır, hayır, hayır. Kulak misafiri olduklarımdan. Doğru mu? Onlara otobüste kulak misafiri oldum. Doğru, değil mi?"

"Evet, sanırım," dedi Tim. Aslında çok da emin değildi. Çok doğru gelmiyordu, ama tamamen yanlış da değildi. Yeniden listeye baktı.

"Suna ne demek?"

"Kendi dilindeki sözcüğü bilmiyor musun?"

"Daha on iki yaşındayım."

"Ben de öyle. Hatta bu benim anadilim bile değil." Natascha sırıttı. "Belki sen de günde sekiz sözcük öğrenmelisin."

Tim eğlenmiyordu. "Ne demek olduğunu söyleyecek misin, yoksa sözlüğe mi bakayım?"

"Tabii ki söyleyeceğim. Bir çeşit ördek. Erkek ördek."

"Peki."

"Aslında ben de sana bir şey sormak istiyordum. Erkek ördeğe suna deniyorsa, dişi ördeğe ne denir?"

"Bana sorma," dedi Tim. "Babama sor. Bu tür şeyleri o bilir." Tim, duvara yapıştırılmış üçüncü şeye baktı. Bu bir takvimdi. Önceki gün hariç, tüm günler tükenmez kalemle yuvarlak içine alınmıştı. "İşte. Burası dışarı çıktığı gün." Grk'ın çıkış gününü kırmızı tükenmez kalemle işaretlemişti.

"Bir fikrim var," dedi Tim. "O gün bir parti verelim mi? Kutlamak için."

Natascha başıyla onayladı. "Harika bir fikir. Biliyor musun, ona hayatında gördüğü en büyük kemiği hediye edeceğim."

O günü takip eden beş buçuk ay boyunca, yatmadan önce mutlaka bir günü daha işaretledi. Sonunda, tam altı ay sonra, Grk barınaktan çıkmıştı.

Malt Ailesi büyük bir parti verdi. Tüm arkadaşları ve komşuları gelmişti. Herkes, bu kadar çok anlatılan köpeği görmek istiyordu.

Natascha mahalle kasabına gitti ve devasa bir kemik aldı. Onu partide Grk'a verdi. Kemik Grk'ın iki katı kadardı, ama yine de onu alıp dişlerinin arasında taşıyabiliyordu. Bahçenin sonuna kadar geri geri gitti, Bay Malt'ın sardunyalarını kökleyerek bir çukur kazdı ve kemiği iyice gömdü. Sonra toprağın üzerinde üç kez dönüp uzandı ve uykuya daldı.

O günden sonra Grk, Natascha, Max ve Malt ailesi sonsuza kadar mutlu yaşadılar.

35. Bölüm

Aslında bu o kadar da doğru değil. Max ve Natascha mutluydu, evet, ama öfke, acı ve korku mutluluklarını devamlı gölgeliyordu. Raffifi kardeşler hiçbir zaman tam olarak mutlu olamazlardı, çünkü anne ve babalarına yapılanları unutamıyorlardı. Ülkelerinin başına gelenleri de.

Max her gün anne babasına verdiği sözü anımsıyordu.

Vilnetto Hapishanesi'nin duvarında durmuş ve onları kurtaracağına dair söz vermişti. Evet, yapmadı. Yapamadı. O sözü verdiğinde anne ve babası çoktan Major Raki tarafından öldürülmüştü.

Londra'da başka bir söz verdi. Anne ve babasına içinden şu sözü verdi:

"Size yardım edemediğim için üzgünüm. Öldüğünüzde orada olamadığım için üzgünüm. Ama size söz veriyorum. Bunun intikamını alacağım; ve söz veriyorum anne ve baba, intikamım çabuk ve zalimce olacak."

Bir gün Max'in sözünü tutma fırsatı olacaktı. O ve Natascha Raffifi, Tim ve Grk ile birlikte Stanislavya'ya gideceklerdi. Birlikte Bay ve Bayan Raffifi'nin intikamını alacaklar ve ülkeyi Albay Zinfandel'in elinden kurtarıp hürriyetine kavuşturacaklardı.

Ama bu başka bir hikâye.

KÖTÜ OLMAK İSTEMİYOR...

Kötülüğü öğrenmesi için ailesinden uzaklaştırılan Küçük Kurt gerçekten kötü bir kurt olabilecek mi? Ona verilen görevleri gerçekten yerine getirebilecek mi? Dünyadaki en korkunç okulu kurmak isteyen Küçük Kurt'un ve arkadaşlarının başlarına neler gelecek? Küçük Kurt'un macera dolu hikâyelerinden oluşan bu seriyi okurken çok eğlenecek, Küçük Kurt'u çok seveceksiniz...

1. kitap

2. kitap

3. kitap

4. kitap

Küçük Kurt modern çocuk yazınındaki en sempatik hayvan karakterini oluşturuyor ve serinin devamı için bağımlılık yaratıyor.

She Magazine